KB131496

알을 깨는 아이들

지은이 범유진, 이선주, 박하령, 황유미, 탁경은
펴낸이 임상진
펴낸곳 (주)넥서스

초판 1쇄 발행 2024년 1월 5일
초판 2쇄 발행 2024년 1월 10일

출판신고 1992년 4월 3일 제311-2002-2호
주소 10880 경기도 파주시 지목로 5
전화 (02)330-5500 팩스 (02)330-5555

ISBN 979-11-6683-762-3 43810

www.nexusbook.com
&(앤드)는 (주)넥서스의 문학 브랜드입니다.

알을 깨는 아이들

범유진
이선주
박하령
황유미
탁경은

&

차례

일러두기

• 이 책은 기본적인 교정 규칙을 따랐으나, 작가 특유의 글맛을 살리고자 일부 비표준어 표현을 허용하였습니다.

범유진

지은 책으로 《선샤인의 완벽한 죽음》, 《우리만의 편의점 레시피》, 《아홉수 가위》, 《두메별, 꽃과 별의 이름을 가진 아이》, 《카피캣 식당》, 《친구가 죽었습니다》, 《I필터를 설치하시겠습니까?》, 《내일의 소년 어제의 소녀》, 《당신이 사랑을 하면 우리는 복수를 하지》 등이 있으며, 여러 앤솔러지에 참여했다. 틈새에 쭈그려 앉아 밖을 보며 글을 쓴다.

1

여름방학 버킷 리스트는 끝도 없이 길었다. 셋이서 함께 바다에 놀러 가기, 좋아하는 밴드가 나오는 야외 페스티벌에 가기, 한밤중에 학교에 몰래 숨어들어 가서 담력 테스트하기 등등. 고등학생이 된 후 처음 맞이하는 여름방학이었다.

60년쯤 지나 할머니가 되어 고등학교 시절을 회상할 때 두 눈을 지그시 감고 "고등학교 첫 여름방학, 그건 그야말로 여름이었어."라고 말할 수 있을 만한 여름방학을 보내겠노라 결심한 터였다. 물론 이 버킷 리스트는 모두, 지수와 나영 두 사람과 함께해야 의미가 있다. 할머니가 되었을 때 혼자 추억을 회상하는 것보다야, 단짝 친구들과 함께하는 편이 훨씬 즐거울 테니 말이다.

김지수, 박나영 그리고 나 이유하. 우리 셋은 단짝이다. 각자 다른 고등학교에 진학한 후에도 매일 일상을 공유하고, 일요일마다 만나 어울린다.

"유하 너 김지수, 박나영 걔네랑 아직도 놀아? 대단하다. 너희 공통점 하나도 없어 보였는데."

우리 셋이 함께 찍은 사진을 SNS에 올리면 같은 초등학교를 나온 친구들 몇몇은 신기하다는 듯 묻곤 한다. 내가 봐도 우리 셋은 공통점이 적다. 도서관에서 함께 공부라도 하는 날에는 그 차이가 확연히 드러난다. 지수는 문제집을 잡아먹을 기세로 집중하고, 나영은 문제집을 뒤적거리다가 휴대폰으로 유튜브를 보기 시작한다. 나? 나는 문제를 하나쯤 풀고 휴게실로 가서 거기 앉아 있는 애들하고 수다를 떤다.

우리 셋이 친구가 된 건 초등학교 4학년 '고양이 실종사건' 때였다.

그해, 겨울방학을 앞두고 나영이 전학을 왔다. 전학생이 온다고 들떠 있던 반 아이들은 우물쭈물 자기 이름도 제대로 말하지 못하는 나영에게 금세 흥미를 잃었다. 나도 마찬가지였다. 이미 내겐 매일 메시지를 주고받고 함께 릴스를 찍으며 놀 친구가 충분히 많았다.

그날 오후였다. 아이스크림을 사러 슈퍼마켓에 갔는데 나영이 슈퍼마켓 건물 벽에 전단을 붙이며 서럽게 울고 있었다. 너무 서럽게 우는 모습에 도저히 말을 걸지 않을 수가 없었다. 왜 우냐고 묻는 내게, 나영은 붙이고 있던 전단을 펴 보였다. A4 용지에 '실종된 고양이를 찾습니다'라는 글자가 커다랗게 쓰여 있었다. 나영이 집이 이사하면서 문을 열어 놓은 사이, 기르는 고양이가 집을 나갔다는 거였다.

"오늘 이사 와서 흰양이, 동네 지리도 모를 거야. 어떻게 해. 우리 흰양이 못 찾으면."

엉엉 우는 나영을 달래는데, 옆에서 누군가 불쑥 종이를 내밀었다. 지수였다. 나와 지수는 같은 반이었지만, 그때까지 별로 대화를 나누어 본 적은 없었다. 그도 그럴 것이 지수는 쉬는 시간에도 책을 읽고 있을 때가 많았고, 말수도 적었다. 반 아이들 모두 지수를 어려워했다.

"책에서 읽은 적 있어. 고양이 찾을 때는 동물 기르는 집이나 주차장, 좁은 골목 같은 곳을 잘 봐야 한대. 종이에 이 근처 지도 그려서, 갈 만한 곳을 먼저 확인해서 찾자. 나도 도와줄게."

지수의 침착한 태도에 나도 모르게 고개를 끄덕거렸다. 나영도 울음을 그쳤다. 우리 셋은 슈퍼마켓 담벼락에 등을 기대고 앉아, 서로 머리를 맞대고 열심히 지도를 그렸다. 지도는 곧 완성되었다. 우리는 근처 문방구에 가서 지도를 복사해 나누어 가진 후, 탐색할 구역을 나누고 셋이 함께 대화를 나눌 수 있는 단체 채팅방을 만들었다.

"힌트가 될 만한 말을 들으면 단톡방에 바로 올려. 알았지?"

"고양이를 발견했다가 놓쳐도 알려 줘. 어느 방향으로 도망쳤는지 알면 더 찾기 쉬울 거야."

"흰양이는 이름 크게 부르면 겁먹어. 발견하면 작게 불러 줘."

그 순간, 우리는 누가 뭐래도 '고양이 탐정'이었다. 우리는 각자 지도를 손에 움켜쥐고 흩어졌다. 그래서 고양이를 찾았냐고? 어림도 없는 일이었다. 밤 9시가 되도록 마을을 헤맸지만 셋 중 누구도 고양이를 찾지 못했다. 우리는 결국 부모님 손에 이끌려 집에 돌아갔고 고양이는 나영의 집 옷장 안에서 발견되었다. 어설픈 고양이 탐정은 사라졌지만, 단톡방은 사라지지 않았다. 밤새 메시지를 주고받던 우리는 다음날 학교에서 만나 또 수다를 떨었다.

그렇게 우리는 친구가 되었다. 집안 환경도 취향도 성격도 모두 달라 싸운 적도 많지만, 지금까지도 단짝으로 지내고

알을 깨는 아이들

있다. 아마 앞으로도 아옹다옹, 다투면서 계속 단짝으로 지낼 것이다. 그러니 고등학교 첫 여름방학, 반짝반짝한 추억을 잔뜩 만들어야 하지 않겠는가.

하지만 방학하고 첫 번째 일요일에 지수와 나영을 만났을 때 알았다. 내 계획은 계획이 아니었다는 것을!

***

"바다? 무리야. 학원 여름방학 특강도 들어야 하고, 대외활동도 해야 해. 1학년 때 아니면 시간 많이 드는 대외활동은 못 하잖아. 봐 봐."

지수가 산더미처럼 쌓인 감자튀김 위로 휴대폰 액정을 내보였다.

"팀 틴뉴! 10대들이 연합 맺은 대학교랑 같이 프로젝트를 완수하는 거야. 교육부 후원 프로젝트라서 생활기록부에 쓰기에도 좋고 프로젝트도 재미있어 보이더라고. 이번에 진행하는 프로젝트는 다양성 런웨이 프로젝트야. 여기 기획 파트 지원했는데, 붙었어!"

휴대폰보다는 환하게 미소 짓는 지수의 얼굴에 시선이 갔다.

"벌써부터 생기부를 챙겨?"

나영이 감자튀김을 집어 입에 넣으며 신기하다는 듯 물었다.

"난 방송미디어학과 가고 싶거든. 내가 목표로 하는 대학 경쟁률 알아봤더니 꽤 쎄. 1학년 때부터 생기부 관리 잘해야 해. 진로활동 적을 때 틴뉴 활동 예시로 쓰면 딱일 거야."

"너 방송미디어학과 가고 싶다는 거, 그냥 한 말인 줄 알았어……."

내 말에 지수는 어깨를 으쓱거렸다.

"중학교 때는 갈까 말까 했던 거 맞아. 마음 정한 건 얼마 전이야. 아빠, 엄마하고도 이야기 다 끝냈어. 아빠는 피디 일 힘들다고 처음엔 반대했는데, 결국 승낙했지, 뭐. 내가 하고 싶다는데 어쩌겠어. 엄마가 그날로 생기부 관리 어떻게 해야 하는지, 대외활동 뭐가 좋은지 등등 자료 쫙 뽑아 왔어. 볼래?"

지수의 손가락이 휴대폰 액정을 쓸어 넘겼다. 나는 몸을 탁자 위로 길게 빼고, 빠르게 넘어가는 액정 속 글자들을 봤다. 생기부 세부능력특기사항을 위한 태도, 수업 시간에 주의할 내용, 가능한 한 포함되어야 하는 단어, 1학년 진로 계획서의 중요성……. 보기만 해도 머리가 아파지는 내용이 빼곡하게 적혀 있었다.

"자신이 했던 활동을 꼼꼼하게 기록해 두고, 선생님께 전해 드리는 것이 좋다……. 와, 이렇게까지 해야 돼?"

"우리 학교 애들은 대부분 이렇게 해. 봐. 이게 내 여름방학 스케줄."

지수의 손가락이 액정을 한 번 더 쓸어 넘기자, 일주일 단위로 스케줄이 적힌 달력이 나타났다. 거기에도 이미 글자가 가득했다. 칸 하나에 글자들이 어찌나 달라붙어 있는지, '바다'나 '계곡' 같은 글자가 끼어들 틈새는 없어 보였다.

"그래서 여름방학 때 같이 여행 가거나 하진 못할 거 같아."

지수는 햄버거 속 야채를 빼 입에 넣었다. 햄버거를 통째로 먹지 않고 안의 내용물을 먼저 먹어 치운 후 빵을 먹는 것이 지수의 버릇이다. 이런 버릇 하나까지 알 정도로, 나는 지수에 대해서라면 뭐든 알고 있다 여겼다. 그런데 갑자기 건너편에 앉아 있는 지수가 무척 낯설게 느껴졌다. 동시에 가슴 한편이 꽉 막힌 듯 답답해졌다.

"내가 세운 계획은 계획도 아니었네. 좀 서운하긴 하다. 미리 말해 주지. 깍쟁이."

나는 일부러 과장되게 지수에게 눈을 흘겼다.

"미안. 나도 여름방학 전까지 대외활동 지원서 쓰랴, 특강 알아보랴 정신이 없었어."

지수가 내 앞으로 자기 몫의 너깃을 밀어 주었다. 지수 나름의 사과 표시다. 나는 기꺼이 너깃을 받아들였다. 그러나 너깃을 입에 넣고 씹는 내내, 가슴의 답답함은 계속되었다.

　'왜 이러지? 버킷 리스트 쓰면서도 이걸 다 할 수 있을 거라고 생각하진 않았잖아.'

　지수와 지수의 부모님이 학업에 관심이 많은 것은 익히 알고 있었다. 고등학교 배정 지원서를 쓸 때 그 문제로 크게 다투기도 했다. 나와 나영은 셋이 함께 진학할 수 있는 곳을 1지망으로 썼는데 지수는 대학 진학률을 우선시해서 고등학교를 골랐다. 나영은 지수가 배신했다고 난리를 쳤다. 나도 내심 서운했다. 서운함은 오해가 되었고, 쌓인 오해는 날카로운 단어가 되어 서로 할퀴었다. 그때까지도 크고 작은 다툼은 있었지만 '절교'란 단어가 오간 건 그때가 처음이었다. 그래서 절교했냐고? 설마. 우리의 격렬한 싸움은, 중학교 졸업식 날 서로 얼싸안고 엉엉 우는 것으로 끝났다. 그 난리를 치고 결국 셋 다 다른 학교로 배정되었지만 말이다.

　'지수가 고민도 없이 안 된다고 해서, 그게 서운한 걸까?' 하지만 이 답답함은, 서운함과는 무언가 다르다. 대체 이 감정은 뭘까. 입 안의 너깃에서 아무런 맛도 느낄 수가 없었다.

　'나영은 아무렇지 않은 걸까?'

　　　　　　　　　　　　　　알을 깨는 아이들

나는 옆자리에 앉은 나영의 표정을 힐끔, 곁눈질로 살폈다.

"네가 그러니깐 나도 여름방학 때 뭔가 해야 할 것만 같네. 뭐부터 하면 되지?"

"일단 진로를 정하는 게 좋아. 아주 구체적이지는 않아도, 어느 계열로 갈 건지를 정하는 거야. 나중에 꿰맞추는 것보다는, 관련 있는 활동을 하는 게 좋잖아."

나영은 감자튀김을 아작아작 씹으며 지수와 함께 휴대폰을 보고 있을 뿐이었다. 아무래도 내 이해심만 간장 종지처럼 좁았던 모양이다.

'흥이다. 나영이랑 신나게 놀고 와서 약 올려 줘야지.'

나는 꿀꺽, 씹고 있던 너깃을 삼켰다.

"결심했어. 나, 모델 학원 다닐래."

그때였다. 통. 나영이 주먹으로 가볍게 탁자를 내리치며 선언했다.

"모델?"

"갑자기?"

나와 지수는 어안이 벙벙한 표정으로 나영을 보았다. 나영은 다시 감자튀김을 하나 집어 입에 넣으며 헤실 웃었다.

"이전부터 말했잖아. 나 런웨이 서는 게 꿈이라고. 지수 말 듣다 보니깐, 꿈을 이루려면 확실히 진로를 정해야겠단 생각이 들었어."

지수가 짝짝, 박수를 쳤다.

"역시 박나영. 행동력 최고라니까."

"정했어. 이번 여름방학은 모델 학원에서 불태우기로!"

나는 의기투합해서 떠드는 지수와 나영을 보다가 가슴께를 손끝으로 꽉 눌렀다. 조금 나아지나 싶던 가슴의 답답함이 다시 심해졌다.

'너 깃 먹은 게 체했나. 진짜 왜 이러지?'

탁자에 놓인 콜라 컵을 들었다. 내가 '여름방학 버킷 리스트'를 적어 온 종이가 컵에서 흘러내린 물기에 축축하게 젖어 있었다. 종이를 구겨 주머니에 넣고 콜라를 단숨에 들이켰다.

그래도 답답함은 도통 사라지지 않았다.

2

삶은 닭가슴살과 현미밥, 그리고 도통 맛없어 보이는 샐러드.

"아무리 생각해도, 이건 내가 원한 여름방학이 아니야."

찰칵. 휴대폰으로 앞에 놓인 음식 사진을 찍으며 혼잣말로 투덜거렸다. 여름방학이 시작되고 어느새 일주일이다. 그동안 나는 학원과 집을 오가고 가끔 친구들과 즉석 사진을 찍고, 집에 와서 동영상 사이트를 보며 뒹굴거렸다. 이래서야 중학교 때와 별반 다를 게 없다. 나는 한숨을 쉬며 사진을 나영과의 톡방에 전송했다.

"오늘 저녁도 그것만 먹게? 갑자기 왜 살을 뺀다고 그러니."

엄마가 들고 온 치킨 상자를 식탁 한가운데 올려놓았다. 아빠가 늦게 퇴근하는 날이면 엄마가 벌이는 작은 일탈이다. 작년에 엄마의 혈압이 높게 나온 이후, 아빠는 엄마에게 치킨 금지령을 내렸다. 일주일 중 닷새는 치킨을 시켜 먹는 '치킨 킬러'이던 엄마는 일방적인 금지령에 항의했지만, 엄마가 쓰러지기라도 하면 자기는 못 산다는 아빠의 눈물 공격에 결국 백기를 들었다. 엄마는 치킨을 끊었다. 아니, 아빠 앞에서는 끊은 척했다. 아빠의 퇴근이 늦어지는 날이면 여전히 치킨 파티가 열린다는 걸, 아빠는 모를 거다.

"나영이가 같이 하재. 자기 혼자 하면 금방 포기할 것 같다고."

방학이 시작되고 추가된 이벤트가 있다면 바로 이거다. 식단 사진 찍어서 공유하기. 나는 톡방을 위로 쭉 올려 보았다. '어쩌지, 살이 안 빠져', '몸무게 하나도 안 줄어', '오늘도 학원에서 살 안 빠졌다고 혼났어' 나영이 보낸 메시지는 온통

몸무게에 대한 것이다. 살, 살, 살, 그놈의 살! 나영은 지금 이른바 폭풍 다이어트 중이다. 나영은 모델 학원에서 열일곱 살에 신장이 173센티미터이니 충분히 프로 모델이 될 가능성이 있지만, 몸무게는 10킬로그램은 빼야 한다는 말을 들었다. 워킹 수업을 한 달 받고, 살을 빼면 7월에 열리는 학원 패션쇼에 설 수 있게 해 준다고 했다나. 나영은 한 달 수업 받고 패션쇼에 서는 건 이전에 없던 일이라고, 학원 원장님이 자신의 재능을 인정해 준 것이니 어떻게든 다이어트에 성공하겠다고 의지를 불태웠다. 그러곤 나를 끌어들였다. 친구 좋다는 게 뭐냐고, 식단 공유하면서 서로 파이팅 하자고 매달리는 나영에게 차마 싫다고 할 수가 없었다.

"아, 맞다. 나영이 모델 학원 다닌다고 했지. 엄마 가게에도 가끔 오거든. 모델 한다는 애들. 어찌나 크고 빼빼 말랐는지. 걔네만 보면 밥 먹이고 싶어."

엄마는 동대문에서 옷 가게를 한다. 3년 전, 엄마가 갑자기 세무사 일을 그만두고 전문대에 진학해서 디자인을 공부하겠다고 했을 때는 깜짝 놀랐다. 나는 아빠가 엄마를 말릴 줄 알았다. 마흔일곱 살에 대학에 다시 입학한다는 건, 대학을 가 본 적 없는 내가 짐작하기에도 쉬운 일이 아닐 것만 같았다. 게다가 디자인이라니. 엄마가 해 왔던 일과 전혀 다른 분

야였다. 하지만 아빠는 엄마를 말리지 않았다. 오히려 엄마에게 집안일은 걱정하지 말라고 응원해 줬다. 엄마는 2년간 악전고투해 대학을 졸업했고, 동대문에 가게를 냈다. 도매로 옷을 떼다 파는 건 여느 가게와 같지만, 가끔 엄마가 직접 디자인한 옷을 한정 수량으로 선주문 받아 판매한다. 패션에 관심 많은 사람 사이에서 조금씩 입소문을 타서, 요즘은 신인 아이돌을 담당하는 코디네이터나 모델 지망생도 찾아온다고 했다.

"모델은 왜 다 날씬해야 하는지 모르겠어. 쇼핑몰 피팅 모델도 다 말랐잖아. 쇼핑몰에서 사진 보고 옷 산 거 배달 와서 입어 보면 완전 다른 옷이야."

나는 투덜거리며 닭가슴살 한 조각을 입에 넣었다. 고소한 냄새를 풀풀 풍기는 치킨을 앞에 두고 퍽퍽한 닭가슴살을 먹어야 하다니, 이게 다 나영이 때문이다. 아니다. 괜히 나영에게 불을 붙인 지수 때문이다. 그것도 아니면……. 열정적으로 모델 학원 이야기를 하던 나영의 모습이 떠오르자, 또다시 가슴이 답답해졌다.

"엄마. 엄마는 나한테 대외활동하라거나 그런 말 안 해?"

정체 모를 답답함이 엄마를 향한 투정이 되어 툭 튀어나왔다.

"뭐 하고 싶은 거라도 있어?"

엄마는 치킨을 물어뜯으며 무심히 되물었다.

"……아니. 없어. 하지만 뭐라도 해야 하는 거 아닐까 싶어. 지수는 무슨 과 갈지도 다 정했는데 난 뭘 하고 싶은지 전혀 모르겠는걸. 차라리 남이 정해 주면 속이 편할까 싶어."

"얘 좀 봐. 언제는 아빠랑 엄마랑 둘 다 방임주의인 게 좋다고 했으면서."

"그야, 그때는 그랬지만……."

말끝에 긴 한숨이 딸려 나왔다. 그때 퍼뜩 맞은편에 앉아 있던 지수가 낯설게 느껴졌던 이유를 알았다. 그때의 지수가 너무 어른스러워 보였기 때문이다. 하고 싶은 게 뭔지 알고, 구체적인 목표를 정해서 나아가는 지수가 나와 같은 나이로 여겨지지 않았다. 게다가 나영까지 목표를 정해 버리니, 나 혼자 뒤처진 것 같아 불안했다. 가슴의 답답함은 친구들의 뒤에 혼자 우두커니 남아 버린 것만 같은 나의 불안이 돌멩이가 되어, 가슴 위에 턱 얹어진 탓이었던 거다.

"엄마는 왜 갑자기 의상 디자이너가 되고 싶어졌어?"

"이제 와서 묻는 거야?"

엄마는 피식 웃고는, 먹고 있던 치킨을 접시에 내려놓았다.

"왜냐면……. 궁금했거든. 이전부터 어떤 사람들이 옷을 만드는 걸까, 옷은 어떻게 만들어지는 걸까, 그런 게 궁금했어. 그래서 패션쇼도 보고, 디자이너들 인터뷰도 찾아 읽곤했지. 만약에 주변 누구든 너도 디자이너가 될 수 있다고 말해 주고, 방법을 알려 주었다면 그쪽으로 대학에 갔을지도몰라. 하지만 엄마 주변에는 그런 사람이 없었거든. 인터넷으로 정보를 찾아보기도 했는데 감이 안 잡히더라. 그래서부모님이 권하는 대로 경영학과 가서 세무사 시험 본 거지."

"그럼, 세무사 일은 좋아하지 않았는데 한 거야?"

"얘는, 아니야. 세무사 일도 재미있었어. 그런데도 계속 궁금하더라고. 아, 이 궁금증을 풀지 않으면 나중에 엄청 후회하겠구나 싶어서 도전한 거야."

"나도 그렇게 궁금한 게 생길까?"

내 밥그릇 위에 닭다리 하나가 놓였다. 엄마가 닭다리를양보하다니, 정말 드문 일이었다.

"조바심 내지 말고 천천히 가렴. 어쩌면 이미 네 안에 궁금한 게 가득한데, 네가 모르는 것 뿐일 수도 있어."

"다이어트한다니깐, 나."

"닭가슴살도 닭이고 치킨도 닭이잖아. 괜찮아."

"괜찮기는, 무슨."

나는 투덜거리면서 닭다리를 한 입 베어 물었다. 고소한 맛이 입 안을 가득 채웠다. 일주일 만에 먹는 기름진 맛 때문인지, 엄마와 대화해서인지 가슴의 답답함이 조금은 사라진 듯했다.

'그래. 나도 가만히 있을 수만은 없지. 이것저것 알아보자. 일요일에 애들 만나기 전까지 나도 하고 싶은 걸 찾아내고야 말겠어.'

각오를 다지며 닭다리를 한 입 더 베어 무는데 띠링 휴대폰 알람이 울렸다. 식단 체크용 톡방에 나영이 보낸 메시지가 연이어 떠올랐다.

— 나 한 방에 체중 줄일 수 있는 비법을 손에 넣었어.
— 일단 먹어 보고 말해 줄게.
— 이거 한 번에 많이 먹으면 좀 더 효과 좋지 않을까?

메시지에서 잔뜩 흥분한 나영의 목소리가 들리는 듯했다.

'또 원 푸드 다이어트 같은 거라도 하려는 걸까?'

나영은 사흘 전에 사과만 먹는 다이어트를 시도했다가 하루 만에 실패했다. 이전 같으면 무슨 일이냐고 물었을 테지만, 다이어트 이야기만 계속하는 것에 질려서 묻고 싶지가 않았다.

'일요일에 만나서 물어보면 되지, 뭐.'

나는 건성으로 메시지를 넘기고, 파이팅을 외치는 이모티
콘을 보냈다.

**

일요일, 약속 장소인 카페는 사람들로 붐볐다. 역에서 카
페까지 걸어오는 짧은 거리에도 목덜미에 땀이 송골송골 맺
히는 더운 날씨 때문에 더욱 붐비는 듯했다. 하지만 몸이 축
처지는 건 더위 때문만은 아니었다. 나는 탁자에 주문한 음
료를 내려놓았다.

'하고 싶은 걸 찾는 게 이렇게 힘들 줄이야!'

엄마와 대화한 날 이후, 별별 노력을 다했다. 진로 관련 책
도 읽고, 동영상도 봤다. 시청에서 방학 특강으로 '진로 콘서
트'라는 걸 한다기에 그것도 신청했다. 하지만 모두 뜬구름
잡는 소리처럼 와닿지 않았다.

나는 탁자에 주문한 음료를 내려놓고 앉아 카페 안을 둘러
보았다. 일하는 사람들이 유독 눈에 들어왔다. 커피를 만들
고 있는 사람, 직장인인 듯 목에 출입증을 걸고 있는 사람,
카페 한쪽에 앉아 노트북을 들여다보고 있는 사람. 이전에는

어른이 되면 직업을 가지고 일하는 게 당연하다고 생각했는데, 지금은 그 사람들이 전부 대단해 보였다.

'저 사람들은 어떻게 자기가 뭘 하고 싶은 건지 알아낸 걸까?'

한숨이 절로 나왔다.

"왜 그렇게 땅이 꺼지라 한숨을 쉬어?"

누군가 내 어깨를 툭 쳤다. 지수였다. 지수는 내 맞은편 자리에 앉으며, 손에 들고 있던 공책 서너 권을 탁자에 올려놓았다.

"그건 뭐야?"

"팀 틴뉴 활동 노트. 아침에 회의하고 바로 여기로 왔거든."

"봐도 돼?"

나는 지수가 탁자에 올려놓은 공책 중 한 권을 펴 보았다. 공책 안에는 사진이 잔뜩 붙어 있었고, 곳곳에 붉은 줄이 쳐져 있었다. 한 장 한 장마다 지수의 노력이 엿보였다. 지수가 무슨 활동을 하는 건지 자세히 알고 싶어졌다.

'혹시 모르잖아. 지수의 이야기가 내가 하고 싶은 걸 찾아낼 힌트가 될지도.'

나는 공책을 덮어 지수에게 돌려주며 물었다.

알을 깨는 아이들

"지수야. 너 지금 활동한다는 팀 틴뉴 말이야. 거기서 어떤 활동 하는 거야?"

"어, 내가 말 안 했나?"

"다양성 런웨이 프로젝트 개최한다고만 했어. 다양성 런웨이가 뭐야?"

지수는 잠시 말을 고르는 듯 눈을 깜빡거리다가 입을 열었다.

"그러니깐……. 다양한 연령, 체형의 사람들이 모델이 되어서 런웨이에 서는 패션쇼야. 여자 런웨이 모델의 경우 신장은 172~180센티미터, 체중은 50킬로그램 초반이어야 하고, 남자는 신장 183~190센티미터에 60킬로그램대를 선호한대. 어느 쪽이든 저체중이지. 신장이나 체중뿐만이 아냐. 서른 살이 넘으면 모델 채용을 하지 않는 회사도 있고, 백인만 채용하는 회사도 있대. 지금은 많이 나아져서 내추럴 모델이나 플러스 모델도 활동하고 있고, 시니어 모델도 있어. 나오미 캠벨은 마흔 살이 넘은 후에도 꾸준히 활동 중이지."

"플러스 모델은 들어 본 것도 같은데……. 내추럴 모델은 처음 들어 봐."

"내추럴 모델은 평균 체형인 모델을 말해. 66 사이즈나 77 사이즈를 입는 사람. 플러스 모델은 그 이상의 사이즈를 입는 사람이고. 내추럴 모델은 미국에서 2012년에 처음 등장했고, 에이전시도 있을 정도로 점점 활동하는 모델도 많아지고 있어. 우리나라에는 아직 많지 않대."

"좋다. 내추럴 모델. 그런 사람들이 모델로 나오면 패션쇼를 좀 더 친숙하게 느낄 수 있을 것 같아."

나는 이제까지 패션쇼에 관심이 없었다. 엄마가 디자인 공부에 참고가 된다며 패션쇼를 볼 때 옆에서 한두 번 본 적 있지만 지루하기만 했다. 모델들이 난해한 디자인의 옷을 입고 런웨이를 걷는 게 뭐가 재미있는 건지 이해되지 않았다. 그래서 지수의 이야기도 지루할 줄만 알았는데 아니었다. 엄마와 대화할 때, 모델은 왜 다 날씬해야 하는 거냐고 투덜거렸던 것이 떠올랐다. 누군가 나와 같은 불만을 느꼈기에 내추럴 모델, 플러스 모델이 생긴 게 아닐까. 그렇게 생각하자 지수의 이야기에 점점 빠져들게 되었다.

"하지만 그런 변화는 눈에 잘 띄지 않으니깐, 여전히 모델은 마르고 어린 사람만 해야 한다고 생각하는 사람도 있단 말이야. 그런 편견 때문에 모델이 되고 싶은데 포기했던 사람도 있을 거고, 포기하려고 고민 중인 사람도 있겠지. 우리가 준비하는 다양성 런웨이는 그런 사람들을 대상으로 참가 신청을 받아서 진행하는 거야. 기존 모델계가 선호하는 체형이나 나이가 아니어도 런웨이에 설 수 있단 걸 보여 주는 거지."

지수는 말을 멈추고 가볍게 한숨을 쉬었다.

"그런데 문제가 좀 생겨서 골치 아파."

"문제?"

"응. 모델 참가자 중에 두 명이 펑크를 냈어. 어, 나영이 왔다. 나영아! 여기!"

지수가 손을 들었다. 뒤를 돌아보니, 나영이 카페 문을 열고 들어오고 있었다. 그런데 나영의 모습이 심상치 않았다. 하얗게 질린 얼굴과 비틀거리는 발걸음이, 아픈 기색이 역력했다. 지수도 나영의 상태가 이상하다는 걸 눈치챘는지, 자리에서 일어났다.

"나영아. 너……."

그때였다. 나영이 풀썩 쓰러졌다. 나와 지수는 허둥지둥 나영에게로 달려갔다. 구급차가 오고, 한바탕 소동이 벌어졌다. 나영은 근처 병원의 응급실로 실려 갔다. 나영의 어머니가 달려오고, 의사와 간호사가 분주하게 응급실 안팎을 드나들었다. 그동안 나와 지수는 서로 손을 꼭 붙잡고 응급실 밖에 서 있었다.

"이것아. 다이어트하다가 죽으려고 작정했어?"

30분 후, 나영의 어머니와 나영이 응급실 밖으로 나왔다. 나영의 어머니는 화가 잔뜩 난 듯 연신 나영의 등짝을 때리더니, 나와 지수를 보자 얼른 손을 거두었다. 나와 지수는 나영에게로 달려갔다. 나영의 얼굴은 여전히 핼쑥했다.

"너희 고생했다. 이 바보 같은 딸내미가, 다이어트 약을 과다복용해서 빈혈이 왔단다. 인터넷으로 산 약을 뭘 믿고 그렇게 많이 먹어? 어휴. 정말인지 간 떨어질 뻔했네."

나영의 어머니가 우리에게 말하는 동안, 나영은 고개를 푹 숙이고 있었다. 나는 나영의 손을 살며시 움켜쥐었다. 나영이 약간 고개를 들고 나를 봤다.

"유하야. 나……."

나영의 입가가 울음을 참는 듯, 마구 실룩거렸다.

"그래. 괜찮아. 메시지 보냈을 때 무슨 일인지 물어볼걸 그랬네."

"나도 알아. 나 바보 같은 거. 하지만 정말, 진짜로 런웨이에 서고 싶었단 말이야!"

결국 나영은 울음을 터뜨렸다. 나영의 어머니가 화를 내고, 내가 달래도 나영은 좀처럼 울음을 멈추지 않았다.

"나영아. 그럼, 너, 팀 틴뉴의 프로젝트 런웨이에 모델로 서지 않을래? 지수 너도!"

한참이나 이어지던 울음을 멈추게 한 것은 지수의 한마디였다.

3

사람들의 발소리가 경쾌하게 연습실에 울려 퍼졌다. 발소리는 모두 다르다. 힘차게 바닥을 딛는 발소리, 느리지만 우아한 리듬감을 가진 발소리, 가볍고 통통 튀는 발소리. 다양한 체형과 나이대의 사람들이 모인 장소의 소리는 무척이나 다양하다는 걸, 이곳에 와서 처음 알았다.

"이젠 워킹도 잘하네. 처음엔 부들부들 떨더니."

내가 런웨이에서 내려오자, 순미 할머니가 웃으며 내 팔을 잡았다. 순미 할머니도 틴뉴의 쇼에 서는 모델이다. 올해 78세가 된 순미 할머니는 팔다리는 말랐는데 배만 볼록 나온, 이른바 'ET' 체형이다. 등도 살짝 굽어서 워킹을 할 때 다른 사람들보다 반 박자 느리게 걷는다. 순미 할머니는 시니어 모델이 되고 싶어서 학원에 갔다가, 몸매가 좋지 않고 등이 굽어서 안 된다고 퇴짜를 맞았다고 했다.

"나이 들면 등 굽는 사람도 있게 마련인데, 그 사람들에게는 옷 안 팔 거냐고 화를 냈지. 그래도 소용없더라고. 시니어 모델도 모델이니깐 몸도 탄탄하고, 등도 딱 펴지고 정정해야 한다는 거야. 모델은 환상을 파는 직업이라나. 아니, 이 세상에 등 굽은 할멈 할아범이 얼마나 많다고. 그런 사람들에겐 내가 환상이 될 수도 있는 거 아냐? 내가 집에서 이 얘기를 하니깐 손녀가 여기서 일반인 모델을 모집한다고 알려 주더라고."

휴게실에 앉아 쉬는 동안, 순미 할머니는 자신이 어떻게 틴뉴의 쇼에 합류하게 되었는지를 떠들었다. 사람들은 듣는 둥 마는 둥 했다. 쉬는 시간마다 같은 이야기를 반복하니 그럴 만도 했다. 나영은 지겹다는 듯 노골적으로 인상을 썼다. 틴뉴의 모델은 10대가 네 명, 20~40대가 다섯 명, 40대 이상이 세 명이다. 지수가 나와 나영에게 모델로 런웨이에 설 것을 제안한 건, 10대 중 두 명이 갑자기 그만두겠다고 통보했기 때문이다.

연령대가 다양한 탓인지 일주일 전, 내가 처음 왔을 때만 해도 휴게실의 분위기는 더없이 경직되어 있었다. 하지만 독서실에서 처음 본 애들과도 5분 만에 전화번호를 교환하는 나, 이유하가 있는 곳에 어색함이란 존재할 수가 없다. 나는 콜라 한 캔을 따서 순미 할머니에게 내밀었다.

"할머니. 백 번째 들어요. 그 이야기. 이거 마시고 우리 패션쇼 이야기해요. 어휴. 전 아무래도 자꾸 바닥을 보게 되는 거 있죠."

"잘만 하던데 뭘. 근데 나영이, 얘가 더 잘하긴 해. 나영이 너는 타고났더라. 아주 타고난 모델이야."

순미 할머니의 칭찬에 나영의 찌푸려진 미간이 슬쩍 펴졌다. 곧 다른 사람들도 각자 자신의 고충을 털어놓기 시작하자 휴게실 분위기가 조금씩 화기애애해졌다. 한참 대화가 오가는데, 휴게실 문이 열리고 지수가 들어왔다.

"지금부터 한 명씩, 홍보 영상용 개인 인터뷰한대요. 유하야. 너부터래."

"알았어. 저 갔다 올게요."

나는 사람들 틈에서 몸을 일으켜, 지수를 따라 휴게실 밖으로 나갔다.

"유하 너 대단하다."

복도를 걷는데, 지수가 불쑥 말을 건넸다.

"뭐가?"

"네 덕분에 분위기가 많이 좋아졌어. 갑자기 모델 둘이 관두는 바람에 쇼를 못하는 거 아니냐는 말이 나와서 분위기가 좋지 않았거든."

"내가 친화력 하나는 좋잖아. 그게 뭐 대단하다고."

"아냐. 나, 이거 말고도 팀 프로젝트 몇 개 해 봤잖아. 그때마다 느낀 건데, 다양한 사람을 하나로 뭉칠 수 있는 건 진짜 재능이야. 그래서 네가 살짝 부러워."

부럽다고? 지수가 나를 부러워한다고? 어안이 벙벙했다. 공부도 운동도 뭐든 나보다 잘하는 지수가 나를 부러워할 일이 생길 줄은 몰랐다.

'재능……. 오지랖 넓다는 말만 듣던 내 성격이, 재능이 될 수 있다고?'

가슴이 두근거렸다. 팀 틴뉴의 활동은 가슴 두근거리는 매일의 연속이다. 워킹을 배우는 것도 즐겁고, 내가 입을 옷이 어떻게 수선되는지 볼 수 있는 것도 신난다. 무엇보다 사람들과 어울려 목표를 이루어 가는 것이 좋았다.

'지수의 제안을 받아들이길 잘했어.'

이대로 패션쇼 당일까지 즐거운 매일이 이어질 것만 같았다. 사흘 후, 홍보용 동영상이 업로드될 때까지만 해도 말이다.

***

"말도 안 돼! 이 사건을 홍보용 영상에 쓴다는 말은 들은 적 없어! 나한테 허락도 안 받고, 마음대로 이러는 게 어디 있어?"

나영이 휴대폰을 들고 소리를 질렀다. 나와 나영이 함께 보던 틴뉴의 패션쇼 홍보 영상은 정지된 채다. 정지된 화면 속에서 나영은 붉어진 눈가로 의자에 앉아 있었다. 아래에는 '모델 학원에서 살을 빼야 무대에 서게 해 준다고 했어요. 그래서 다이어트 약을 과다 복용해서 기절까지 했고요'라는 자막이 달려 있었다. 홍보 영상이 업로드되었으니 확인하라는 메시지를 받았을 때만 해도 들떠 있던 나영의 표정은, 이 부분을 확인하자마자 차갑게 식었다. 인터뷰했을 때 다이어트 약 사건에 대해 말하긴 했지만, 인터뷰하는 대학생 오빠와 수다를 떨면서 나온 이야기라 영상에 들어갈 줄은 몰랐다고 했다.

"나한테 그게 얼마나 상처가 된 사건인데! 넌 이 프로젝트 성공시켜서 생기부 채울 생각만 하는 거잖아! 됐어! 사과고 뭐고 필요 없어!"

나영은 침대 위에 몸을 던졌다. 침대에 엎드려 흐느껴 우는 나영이 손에 쥔 휴대폰에서 지수의 목소리가 새어 나오다 끊겼다. 곧 내 휴대폰이 요란하게 울렸다.

"유하야. 너 지금 나영이 집이지? 오늘 홍보 영상 같이 본다고 했잖아. 나영이 말 틀린 거 없어. 일정이 급했어도, 나영이에게 확인했어야 해. 일단 내가 다른 사람들에게 상황을 전달할게. 그러니깐……."

"지금은 나영이 건드리지 않는 게 좋을 것 같은데……."

나는 휴대폰을 입에 바짝 대고 최대한 작은 목소리로 말했다. 그렇다고 바로 옆에 있는 나영의 귀에 나와 지수의 통화가 들리지 않을 리가 없었다. 엎드려 있던 나영이 벌떡 일어나서 휴대폰을 낚아챘다.

"지수 너도 나빠! 너도 보기 싫어. 나 틴뉴 모델 그만둘 거야. 절대 쇼에 안 나가. 당연히 이젠 연습에도 참여하지 않을 거고! 그렇게 알아!"

나영은 신경질적으로 전화를 끊고, 나를 노려보았다.

"이유하. 너도 연습 가지 마. 쇼도 나가지 말고. 그랬다가는 절교야!"

"뭐? 패션쇼 이젠 2주밖에 안 남았어. 우리가 빠지면……."

"몰라! 먼저 잘못한 건 저쪽이잖아! 난 잘못 없어!"

나영은 더 이상 아무 말도 듣지 않겠다는 듯 손바닥으로 자신의 귀를 꽉 틀어막았다. 나영이 저렇게 나오면 더 이상 대화가 불가능하다. 지수가 혼자 고등학교 1지망을 다른 학교로 썼다는 걸 알았을 때도, 한동안 지수와 말 한마디 섞지 않으려 하던 나영이었다.

'하지만 나영이는 오래 화내는 편은 아니야. 그러니깐 기다

려 보자.'

그날부터 고래 싸움에 새우 등 터지는 날이 계속되었다. 지수는 나영과 함께 패션쇼 연습에 나오라고 계속 연락했고, 나영은 나에게 절대 혼자 가지 말라고 엄포를 놨다. 학원에 있을 때조차 대체 어떻게 해야 하는 건지 고민되어 도통 수업에 집중할 수 없었다.

'패션쇼 연습에 가고 싶어. 나영이 때문에 나까지 참여 못 하는 게 말이 돼?'

그런 생각이 들 때는 나 혼자라도 연습에 가겠다고 지수에게 메시지를 보내자 싶었다.

— 나영에게 허락 안 받고 그 장면을 넣은 건 너무했어. 내가 같은 일을 겪었으면……. 친구가 혼자 패션쇼에 참가한다고 하면 서운할 것 같아…….

그러다가도 생각이 휙 바뀌어서 차마 메시지를 보내진 못했다. 머릿속에서 상반된 생각이 마구 전쟁을 벌였다. 지끈지끈 두통이 몰려왔다. 이대로 있다가는 나영의 기분이 풀리기 전에 내 머리가 터지게 생겼다.

$$***$$

　사건이 터지고 일주일이 지난 일요일 오후, 나는 만화카페로 향했다. 나영이 좋아하는 아이돌 그룹의 뮤직비디오가 공개되는 날이다. 만화카페에서 함께 뮤직비디오를 보자는 내 말에, 나영은 눈을 반짝이며 기뻐했다. 내 속셈은 따로 있었다. 틴뉴의 패션쇼 연습에 나가자고 나영을 설득하는 것!

　'이대로 고등학교 첫 여름방학을 끝낼 순 없어.'

　각오를 다지는데 나영에게서 메시지가 왔다.

　─나 도착! 넘 더워. 먼저 들어가서 빔 프로젝터 빌려서 미러
　　링 세팅해 놓을게.

　알았다고 답을 보냈다. 채팅창 중 나와 지수, 나영 셋이 함께 만든 단톡방이 보였다. 마지막으로 떠 있는 글은 지수가 보낸 메시지다.

　─기다릴게.

　틴뉴는 처음 공개했던 홍보 영상을 비공개 처리하고, 사과

　　　　　　　　　　　　　　알을 깨는 아이들

문을 작성하여 업로드했다. 나영은 사과문이 올라온 날 이후 지수와 절교하겠다거나, 틴뉴에 절대 가지 않겠다거나 하는 말은 더 이상 하지 않았다. 내가 틴뉴 이야기를 꺼내면 혼자 가지 말라고 말할 뿐이었다.

'홍보 영상이 올라왔던 첫날만큼 화가 난 것 같지는 않은 데……'

나는 만화카페 안으로 들어갔다. 중심 상가에 딱 하나 있는 만화카페에는 빔 프로젝터를 설치할 수 있는 방이 두 개뿐이고, 나영이 즐겨 찾는 방은 정해져 있다. 나는 방에 설치된 커튼을 살짝 들추고 안을 살폈다. 나영이 빔 프로젝터에 나오는 영상을 홀린 듯 보고 있었다. 내가 커튼을 들춘 것도 눈치채지 못한 듯했다.

"나영아."

내가 부르자, 나영은 화들짝 놀라며 재빨리 손에 쥐고 있던 휴대폰 액정을 마구 눌렀다. 빔 프로젝터에 나오던 영상이 뮤직비디오로 바뀌었다. 나는 방에 들어가 나영의 옆에 앉았다.

"이것 봐. 내가 과자도 사 놨어. 우리 오빠들 뮤직비디오 벌써 재생 수 1만이야. 신인이지만 착실하게 팬이 붙고 있다는 증거 아니겠어? 이번 곡 안무도 진짜 멋있어. 의상도 완전히 찰떡이야. 봐 봐.”

나영은 수선을 떨며 내 앞에 과자를 밀어 놓았다.

'그랬구나. 그래. 나한테 혼자 가지 말라고 한 건, 가기 싫다는 뜻이 아니라…….'

나는 나영을 똑바로 바라보았다.

“나영아. 우리 패션쇼 연습하러 가자.”

내 말에, 나영은 고개를 푹 숙이고, 과자를 집어 입에 넣었다. 나영은 한동안 묵묵히 과자만 집어 먹었다. 대화가 끊긴 방 안에 과자 먹는 소리와 뮤직비디오의 노랫소리만이 이어졌다. 경쾌한 비트가 끝나고 다른 노래가 재생되었다. 다음 영상이 자동 재생된 모양이다. 고개를 푹 숙이고 과자만 먹던 나영의 시선이 모니터로 향했다. 나도 나영을 따라 책상 위에 놓인 노트북을 봤다. 모니터에는 처음 보는 여자 아이돌 그룹의 음악방송 무대가 펼쳐지고 있었다.

“처음 보네. 신인 그룹인가 봐.”

나영이 중얼거렸다.

“노래 잘한다. 음색 특색 있어.”

“그러게. 근데 멤버들이 좀, 다 너무 통통하다. 살 좀 더 빼고 나오지…….”

나영이 말끝을 흐렸다. 나영은 다시 고개를 숙이고 한 손으로 귓불을 어루만졌다. 귓불을 만지는 건, 무언가 하고 싶은 말이 있을 때면 나오는 나영의 버릇이다. 나영이 이럴 땐 기다려 주어야 한다. 하지만 마냥 기다릴 수는 없었다. 나는 바닥에 놓인 나영의 휴대폰을 집어, 커튼을 열었을 때 재생되고 있던 영상을 클릭했다. 귀에 익은 음악이 흘러나왔다. 나영이 번쩍 고개를 들었다. 나영의 시선이 영상에 못 박혔다.

"……아까 말이야. 나 내가 너무 싫었어."

나영이 천천히 입을 열었다.

"틴뉴의 홍보 영상 말이야. 나, 사실은 화 안 났는데 화난 척한 거야. 그거 핑계로 패션쇼에 서는 거 그만두려고. 모델 학원에서 틴뉴 패션쇼 이야기했더니, 다 엄청 비웃는 거야. 그런 거 뚱뚱한 애들이 자기만족으로 하는 거 아니냐고. 틴뉴에서 올린 연습 영상에도 그런 악플 달렸잖아. 못난이들끼리 모여서 이런 거 한다고 뭐가 달라지냐고 빈정거리는 악플. 그런 걸 계속 보니깐, 패션쇼에 나가면 악플 더 많이 받을 것 같고……. 사람들이 다 나를 돼지라고 놀리는 것 같고……. 이상하지. 이전에는 내가 뚱뚱하다고 생각한 적 한 번도 없거든? 그런데 모델 학원에서 살을 빼야 한다고 계속 말하니깐, 내가 진짜 엄청나게 뚱뚱한 것처럼 느껴져. 그래서 괴로웠어. 다른 사람 몸 함부로 평가하는 사람들 다 죽어

버렸으면 좋겠다는 생각까지 했어. 그런데 아까, 내가 그러고 있더라."

나영은 참았던 숨을 뱉어 내듯이 빠르게 말했다. 가끔씩 울음을 참는 듯 목소리가 가라앉았다가 떨리곤 했다. 나는 아무 말 없이, 나영의 손을 꽉 움켜잡았다.

"유하야. 나, 사실은 패션쇼 연습 가고 싶어. 틴뉴 패션쇼 나가고 싶어. 런웨이 서고 싶어. 그런데 지수한테 뭐라고 말해야 좋을지 모르겠어. 다른 사람들이 화났을까 봐, 그것도 무섭고……."

나영은 결국 울음을 터뜨렸다. 나는 나영의 손을 더 세게 움켜잡았다.

"같이 가자. 우리."

"……응."

"지수가 기다린다고 했어. 다들 기다리고 있을 거야."

빔 프로젝터에서 재생되고 있던 영상이 끝났다. 내가 오기전 나영이 혼자 보고 있던, 그리고 나영의 이전 재생 목록에 수없이 저장되어 있던 영상.

틴뉴의 런웨이 연습 영상이다. 그 속에서 나영은 누구보다 행복하게 웃고 있었다.

4

런웨이 뒤는 분주했다. 옷을 입고 서로 화장해 주고, 머리카락을 땋고 정리했다. 순서와 음악을 체크하는 사람도 있었고, 구석에서 계속 워킹을 연습하는 사람도 있었다.

드디어 D-Day. 패션쇼 당일이다.

"어떻게 해. 나 너무 떨려."

나영은 두 손을 꽉 붙잡고 중얼거렸다. 개량 한복을 입은 나영의 모습은 근사했다. 나영의 옆에 서서 립스틱을 바르던 순미 할머니가 흥, 콧방귀를 뀌었다.

"연습을 일주일이나 빠지니깐 불안하지."

"또 그 소리. 하여간 할머니 밉상인 거 알아요?"

"야, 내가 너 연습 안 나오는 거, 편집자가 잘못한 거라고 얼마나 변호해 준 줄 알아? 고맙다고 큰절을 올리지는 못할망정."

"그러니깐, 꽃노래도 3절이라고요."

나영은 순미 할머니와 티격태격 말다툼을 시작했다. 저래 봬도 순미 할머니는 나영을 좋아한다. 일주일 전, 나와 나영이 틴뉴로 돌아왔을 때 가장 반겨 준 것도 할머니였다. 나중에 들었는데, 첫 홍보 영상이 삭제되고 나와 나영이 연습에 나오지 않게 되면서 틴뉴의 분위기가 험악해졌다고 한다. 홍보 영상을 만든 대학생 오빠는 인터뷰 때 나온 이야기라 넣은 것뿐이라고 말하며 사과할 수 없다고 버텼다. 왜 한참이나 어린 애들에게 사과해야 하냐고 화까지 냈다나. 그러나 그 고집은, 쩌렁쩌렁한 순미 할머니의 호통에 단숨에 꺾였다. "어이고. 스물넷이나 열일곱이나, 내가 보기엔 도찐개찐 어린애들이고만! 잘못한 거 사과하는 데 나이가 무슨 상관이야!" 사과문이 올라온 것은 그다음 날 오후였다.

"할머니는 긴장 안 돼요? 런웨이에서 넘어질 수도 있잖아요."

"넘어지면 벌떡 일어나서 다시 걸으면 되지, 뭐."

지수가 대기실의 문을 열고 짝짝 박수를 쳤다.

"이젠 시작해요. 순서대로 런웨이 뒤에 서 주세요!"

나영은 줄의 가장 앞에 섰다. 나는 뒤에서 세 번째다. 나는 나영에게 파이팅을 외치고 줄 뒤로 가 섰다. 런웨이와 연습실을 가리고 있던 커튼이 열리고, 나영이 런웨이 위로 걸어 나갔다. 한 사람, 또 한 사람. 줄이 짧아질수록 가슴이 쿵쾅거렸다.

'패션쇼가 끝나면 무언가 달라질까?'

확실한 건 아무것도 없다. 나는 여전히, 내가 하고 싶은 게 무엇인지 모른다. 그러나 궁금한 것은 무척 많이 생겼다. 왜 사람들은 미의 기준을 정해 놓는 걸까? 그게 옳지 않다는 걸 알아도, 연예인을 평가하게 되는 건 왜일까? 이 런웨이를 보러 온 사람 중 누군가는 조금은 다른 생각을 하게 될까? 머릿속에 물음표가 둥둥 떠다니는 것만 같다. 그 물음표가 나를 어디론가 데리고 가 줄 것이다.

'아냐. 확실한 게 하나는 있네.'

60년쯤 지나 할머니가 되어 이번 여름방학을 떠올릴 때, 주저 없이 말할 수 있을 것이다. 그야말로 여름이었어, 라고.

어릴 적, 꿈이 뭐냐는 질문을 받는 게 무척 싫었습니다. 왜 어른들은 어린아이만 보면 그 질문을 하는 걸까요. 당연히 되고 싶은 게 있어야 하는 것처럼 말입니다. 미래를 상상할 수 없는 아이도 분명 있을 텐데 말입니다. 그 질문 자체가 폭력이 될 수 있음을 아무도 인지하지 못했던 걸까요.

그보다는 당장 힘든 일은 없는지 물어봐 주었다면 좋았을 텐데요. 하지만 그렇게 물어봐 준 어른은 없었습니다. 꿈이 뭐냐고 묻는 것에는 어떠한 책임도 뒤따르지 않지만, 힘든 일이 없냐고 묻는 것에는 책임이 따르기 때문이었겠지요.

장점과 단점은 칼로 무 자르듯이 썩둑 잘리는 건 아니라고 생각합니다. 어떤 곳에서는 단점이 될 수 있는 성격이, 어떤 곳에서는 장점이 될 수도 있겠죠.

가령 유하 같은 경우, 다른 사람하고 잘 떠들고 친해지는 성격이라 학교 수업 중에는 부산스럽다는 타박을 들을 수도 있겠죠. 하지만 패션쇼에서 유하의 성격은 각각 다른 사람들을 하나로 뭉치게 해 줍니다.

그러니 웬만하면 자신의 성격을 장점과 단점으로 나누지 말고 이런 성격은 이럴 때에 정말 좋다, 는 식으로 좋은 쪽으로 생각했으면 합니다. 타인에게도 부정적인 이야기를 잔뜩 듣는데 나까지 나한테 부정적인 피드백을 줄 필요는 없지 않을까요.

〈런웨이, RUN, WAY!〉의 주인공인 유하는 자신의 장점이 무엇인지, 장래에 무엇이 되고 싶은지 아직 알지 못하는 친구입니다. 자신의 성격이 장점이라는 것도, 이번 활동을 통해 알게 되지요. 유하가 앞으로도 많은 경험을 하면서 자신을 알아갔으면 좋겠습니다.

멋진 앤솔러지를 제안해 주신 편집자분과 함께해 주신 작가님들, 무엇보다 독자분들께 감사합니다. 다른 이야기로 다시 만날 수 있기를 바라 봅니다.

실패하겠다는 말

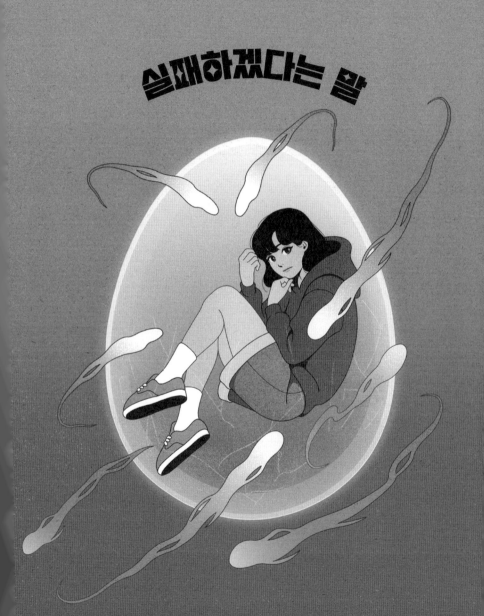

이선주

《창밖의 아이들》로 제5회 문학동네청소년문학상 대상을 받으며 작품 활동을 시작했다. 지은 책으로는 청소년 소설 《맹탐정 고민 상담소》, 《열여섯의 타이밍》, 동화 《태구는 이웃들이 궁금하다》, 《아미골 강아지 오스트랄로피테쿠스 실종 사건》 등이 있다. 앤솔러지 《열다섯, 그럴 나이》, 《페페》, 《이번 연애는 제발!》, 《마구 눌러 새로고침》 등에 참여했다. 이야기의 힘을 믿으며 아동 청소년 문학을 쓰고 있다.

1

"김아름! 김아름, 어딨어?"

엄마가 집에 들어오자마자 내 이름을 불렀다. 아름아, 도
름름름도 아닌 김아름, 이라니. 엄마가 얼마나 화났는지 알
것 같았다.

"왜?"

일부러 심드렁하게 답하며 방을 나왔다. 엄마가 식료품이
잔뜩 든 종량제 쓰레기봉투를 바닥에 내팽개쳤다. 봉투 안에
서 사과가 데구루루 굴렀다.

"너는 정말."

엄마가 한숨을 크게 내쉬었다.

"엄마 말이 우스워?"

사과가 내 앞까지 굴러왔다. 엄마가 왜 화를 내는지 알았지만 아는 척하고 싶지 않았다. 사과를 들어 한 입 깨물었다.

"그거 유기농 사과 아니야. 농약 팍팍 친 거야."

"유기농 좀 사지. 왜 맨날 농약 팍팍 친 것만 사?"

"가! 난! 하! 니! 까!"

엄마가 나를 노려봤다.

"최저시급 받고 일하면서 유기농 과일을 어떻게 사? 네 입으로 들어가는 게 얼만데? 유기농 과일 먹고 싶으면 너 스스로 능력 키워."

오늘은 웬만해선 참으려고 했다. 엄마의 뜻을 거스른 건 맞으니까, 엄마도 속상할 테니까. 그래도 먹는 거로 구박하는 건 너무한 거 아닌가.

"내가 먹으면 얼마나 먹는데? 그럼 왜 낳았는데."

엄마가 봉투를 집어 들었다.

"내 팔자에 무슨 자식 덕을 본다고. 아니 자식 덕은커녕 늙어서 뜯기지만 않으면 다행이지."

"내가 뭐 엄마 뜯어먹는 사람이야?"

"그럼 아니야?"

엄마와는 원래 좋은 말만 하는 사이는 아니다. 도리어 서

알을 깨는 아이들

로 놀리기 바쁘다. 좋게 말하면 친구 같은 사이라고들 하고 나쁘게 말하면 나보고 버릇없이 군다고 한다. 그러나 지금은 서로 놀리는 것도 아니고 장난치는 것도 아니다.

폭발하기 직전의 에너지가 엄마와 나를 감쌌다. 여기서 한 마디라도 더 했다가는 터지고 말 것이다.

"콩 물 사 왔어. 콩국수 해 먹자."

엄마가 먼저 굽혔다.

"소금 말고 설탕."

"콩국수는 소금이야."

엄마랑은 안 맞아도 너무 안 맞았다. 엄마랑 딸의 관계로 만났으니 망정이지 만약 같은 반 친구로 만났다면 한 학년 내내 한두 마디도 하지 않고 지냈을 것이다. 아니다. 허구한 날 싸우면서 지냈을 수도.

엄마가 일하는 마트 점장이 얼마나 까탈스러운지에 대한 이야기와 미친년처럼 날뛰는 날씨에 대한 이야기를 주고받았다. 엄마가 날씨 꼬락서니를 보면 미친년놈이 따로 없다고 했을 때 나는 풋 하고 웃었다. 그 바람에 입 안에서 면이 튀어나왔다. 엄마는 눈을 흘겼다.

정작 중요한 이야기는 한마디도 오가지 않았다.

그 말을 내뱉는 순간, 싸울 수밖에 없다는 걸 알아서일 것이다.

인문계 고등학교와 달리 예술계 고등학교에서는 기말고사 전에 원서를 접수한다. 원서 마감일까지 일주일도 남지 않았다. 나는 오늘 담임에게 말했다. 문예창작학과가 있는 예술계 고등학교에 가겠다고. 엄마는 반대했다.

엄마는 실패한 소설가였다.

2

엄마는 스스로 실패한 소설가라고 불렀다. 엄마는 20대 후반에 지방 일간지의 신춘문예에 단편소설이 당선되면서 작품활동을 시작했다. 사실 작품 활동을 시작했다, 라고 말하기도 뭣한 게 중앙지도 아닌 지방지 당선자에게 청탁이 들어올 리 만무했다. 열심히 써서 출판사에 투고해도 거절당하기 일쑤였다. 거절 메시지를 받지 못할 때도 있었다. 수많은 고민 끝에 용기 내서 이메일을 보내면 편집자는 다른 출판사에 투고해 보는 게 어떠냐고 했다고 한다.

내가 초등학교에 다닐 때만 해도 엄마는 글쓰기에 열정적이었다. 직원이 스무 명도 되지 않는 중소기업 경리로 일하면서 퇴근 후엔 부엌 식탁 앞에 앉아 글을 썼다. 거절 이메일이 한 해 두 해 쌓이면서 엄마는 자신의 인생이 실패했다고 느꼈다. 해도 안 되는 일이 있다는 자각. 그즈음 다니던 회사가 부도나서 퇴직금도 못 받고 쫓겨났다.

일자리를 알아봤지만 나이 마흔이 넘어서 정규직으로 취직하기란 여간 힘든 게 아니었다. 결국 얻게 된 일자리가 마트 파트타임. 엄마는 또다시 자신의 인생이 실패했다고 느꼈다.

글을 쓸 시간에 부동산 중개인 자격증을 따고 영어 공부를 해야 했다고, 글 쓸 때 느꼈던 충만감이 자신의 발목을 잡았다고 했다. 그런 충만감은 밥을 먹여 주지 않는다고. 자본주의 사회에서 가장 경계해야 될 일이 돈이 되지 않으면서 즐겁기만 한 일이라고 했다. 글쓰기를 온라인 게임이나 도박 같은 것과 비교하기도 했다.

나는, 글 쓰는 엄마를 보는 게 좋았다. 늦은 밤 부엌 식탁에 앉아 새끼손톱만 해진 얼음이 떠 있는 아이스커피를 홀짝대며 글 쓰는 모습이 얼마나 멋졌는지.

내가 작가의 꿈을 갖게 된 건 전적으로 엄마 탓이다. 그런데 이제 와서 작가 같은 건 꿈도 꾸지 말라니. 자신이 실패했다고 나까지 실패할 거라는 건 나를 너무 얕보는 게 아닌가.

나는 엄마 장단에 맞출 생각이 전혀 없다. 내 인생은 내 장단에 맞춰서 살 거니까.

담임은 눈을 게슴츠레 뜨며 입학 원서를 노려봤다. 담임의 생각을 알 수 있었다. 부모의 동의 없이 멋대로 허락해 줄 수 없다는 것일 테다.

"저는 마음 굳혔어요."

"상의하고 다시 와."

담임이 지겨운 표정을 하고 있었기 때문에 더 이상 말을 할 수 없었다. 담임은 아이들이 떠들어도 절대 화를 내지 않았다. 심드렁한 표정으로 아이들이 입을 다물 때까지 기다렸다. '선생님은 왜 선생님이 되셨어요?'라고 묻고 싶었다. 선생님의 표정에서 기쁨, 슬픔, 분노를 읽어 낸 적이 없다. 글이 쓰고 싶어서 미칠 것 같은 마음을 선생님이 알 리 만무하다.

"왜?"

왜 가지 않느냐는 의미였다. 나는 머리를 긁적이면서

"엄마가 끝까지 허락 안 해 주시면요?"

되물었다. 담임이 한숨을 내쉬면서

"왜? 위조라도 하게?"

했다.

"그럼?"

"그럼, 뭐? 가 봐."

담임이 턱짓을 했다. 나는 열여섯, 법적으로 미성년자다. 촉법소년이라 범죄를 저질러도 감형받는다. 위조도 감형받을 수 있을까? 설마 엄마가 자식을 고소할까? 붙으면 마지못해서라도 허락할 것이다. 아니, 내가 지금 무슨 생각을 하는 거야.

담임이 다시 턱짓을 했다. 나는 묵례하고 교무실을 나왔다.

"담임이 뭐래?"

은비가 교무실 앞에서 기다리고 있었다.

"부모님 허락 없이 원서 못 쓴다고."

"맨날 주체적으로 살라면서 진로는 또 부모님 말씀 따르라고 하네. 너무 이중적인 거 아니야?"

"담임은 주체적으로 살라고 안 그랬어. 순리 따라 살라고 했지."

"그러네? 담임 완전 말과 행동이 같은 사람이네?"

서로 바라보며 끅끅 웃었다. 은비와는 중학교 1학년 때부터 늘 같은 반이었다. 은비는 내가 작가가 되고 싶어 하는 것도 엄마가 반대한다는 사실도 알았다. 은비는 꿈이 없어서 꿈이라도 있는 내가 부럽다고 했다.

"근데 고등학교 입학 원서에 부모 동의란 있잖아. 그거 진짜 부모가 동의했는지 확인해 보진 않겠지?"

"너, 우리나라 모르냐?"

또다시 큭큭 웃었다. 엉성하고 뭐든 대충대충인 나라. 사고가 터져야 문제를 깨닫지만, 그렇다고 해서 문제를 해결할 의지는 없는 나라. 나와 은비가 생각하는 대한민국이었다.

4

식탁 의자에 앉아서 아이패드로 예능을 보면서 라면을 먹었다. 엄마는 항상 채소를 많이 먹어야 한다고 하지만 채소는 씻고 썰어야 한다. 라면은 물만 끓여서 넣으면 끝이다. 설거지 싹 해 놓고 창문 열어 놓으면 완전범죄. 그런데 문이 열리는 소리가 들렸다. 오늘은 오후 근무하는 날이다.

"마트는 조퇴한 거야? 무슨 일 있어?"

"뭐를?"

엄마가 시치미를 뗐다.

"됐어, 말하지 마."

말하지 말라고 하면 더 하고 싶은 법. 엄마가 곧 털어놓을 것이다. 그런데 엄마가 입술을 꽉 다물고 나를 향해 눈웃음을 쳤다. 위험신호다. 나는 라면 그릇에 코를 박고 다시 먹기 시작했다. 엄마가 툴툴댈 때보다 들떠 있을 때 더 불안하다.

엄마는 아빠와 헤어지고 몇 번의 연애를 했다. 남자가 바람둥이라서, 결혼을 졸라서, 나를 애 아빠한테 보내라고 해서 등등의 이유로 헤어졌고, 연애 초반의 설렘은 곧 실망으로 바뀌었다.

"연애해?"

엄마가 욕실로 들어가려다 나를 향해 씩 웃으며

"더 좋은 거"

라고 했다. 연애보다 더 좋은 거라면? 어디서 돈다발이 들어왔나? 엄마가 말할 생각이 없는 것 같아서 더 이상 캐묻지 않았다. 플랜을 다시 가동했다. 원서를 쓴다. 부모 동의서를 위조한다. 원서를 보낸다. 실기를 치른다. 합격한다. 깔끔하다. 그러기 위해선 엄마의 휴대폰이 필요했다.

엄마의 가방에서 휴대폰을 꺼냈다. 엄마는 외출했다 돌아오면 샤워부터 하는 사람이라 20분 정도 시간이 있다.

담임과 통화 기록은 있는데 문자 기록은 없었다.

— 선생님, 아름이 엄마입니다. 제가 많이 고민해 봤는데, 역시 아
  이 뜻을 따르는 게 좋을 것 같습니다. 그럼 그렇게 알아주세요.
  아름이 엄마 올림.

담임에게 문자를 보냈다. 담임이 엄마에게 전화를 걸거나

하지는 않을 거라고 믿었다. 담임의 '의욕 없음'에 희망을 걸었다. 곧 답장이 왔다.

— 알겠습니다.

담임다웠다. 주고받은 문자를 삭제했다.

"있잖아."

물소리가 끊겼다. 이어 욕실 문이 열렸다. 엄마가 문 뒤에 몸을 가린 채 얼굴만 빠끔히 내밀었다.

"원서 접수 마감이 언제야?"

"그건 왜?"

일부러 아무것도 모른다는 표정으로 엄마를 바라봤다.

"아니, 그냥."

다시 욕실 문이 닫혔다. 이상했다. 그런 걸 왜 묻지?

남의 사생활을 몰래 보는 게 나쁜 짓인 건 알지만, 이미 엄마인 척 담임에게 문자도 보낸 마당이었다.

문자나 카톡에는 별것 없었다. 다만 통화 목록에 낯선 번호가 찍혀 있었다. 엄마의 휴대폰을 살폈다. 031로 시작하는 번호였다. 스팸이나 광고 전화로 치부하기엔 통화 시간이 길었다. 우선 내 휴대폰에 그 번호를 저장했다. 휴대폰을 엄마가방에 넣고 얼마 지나지 않아서 엄마가 화장실에서 나왔다.

"라면 가지고 되겠어? 치킨 시킬까?"

치킨을 마다할 이유가 없었다. 원서고 위조고 글이고 수상한 번호고 뭐고 치킨 먹고 생각하면 된다.

5

수업 시간엔 휴대폰을 꺼 둬야 한다. 보통 교문을 통과하면서 휴대폰을 껐다가 교문을 나갈 때 다시 켠다. 오늘은 수상한 번호로 전화해야 했기 때문에 점심시간에 강당 뒤로 숨어들었다.

031로 시작되는 번호로 전화해 봤지만, 받지 않았다. 통화 시간이 30초였으면 의심하지도 않았을 것이다. 엄마는 이 번호로 20분이나 통화했다. 절대 잘못 건 전화가 아니다. 분명 뭔가가 있다.

번뜩 번호를 검색해 봐야겠다는 생각이 들었다. 031로 시작했으니, 개인이 아닌 회사 번호일 확률이 높았다. 031은 경기도 지역번호였다.

'찾아오는 길'이란 글자와 함께 번호가 검색됐다. 잘못하면 휴대폰을 놓칠 뻔했다. 내가 좋아하는 작가들의 책이 많이 출간되는 대형 출판사였다. 찾아오는 길에 안내된 출판사

번호가 검색에 걸린 것이다. 엄마가 출판사의 누군가와 길게 통화했다. 이어 조퇴했고 기분이 좋았다. 연애가 아니라 글 때문에 들뜬 거였다.

"거기서 뭐 해?"

은비였다. 휴대폰 쓸 일이 있을 때면 숨는 곳이라 서로 안 보이면 여기로 왔다.

"담임이 찾아."

"나 뒤통수 맞았어."

"담임한테?"

은비가 팔짱을 꼈다. 나는 고개를 저었다.

"담임한테 뒤통수 맞을 일이 뭐 있냐. 엄마."

"아줌마?"

나는 고개를 끄덕이면서 "엄마, 아직도 글 써."라고 했다.

"절필하신 지 5년 정도 되지 않았어?"

"3년 전에도 글 쓰다가 걸린 적 있는데 아니라고 우겼거든?"

"진짜 웃긴다. 너는 작가하면 안 된다더니, 이거 그거 아니냐? 뉴스에 많이 나오는 말, 있잖아."

"내로남불?"

"어어, 그거."

알을 깨는 아이들

은비가 고개를 심하게 끄덕이다가 걸음을 멈췄다.

"아니, 아줌마한테 하는 소리는 아니고."

"됐어, 괜찮아. 엄마는 내로남불 진짜 맞아."

은비가 괜히 내 눈치를 봤다. 평소 같으면 아무리 단짝이라도 엄마 욕을 하면 기분 나빴겠지만, 지금은 상황이 다르다. 어쩌다 이렇게 됐을까.

엄마는 아빠와 이혼 후에 나를 홀로 키웠다. 이혼 사유는 아빠의 바람. 표현하진 않았지만 엄마가 늘 안쓰러웠다. 나 때문에 고생하는 걸 알았으니까. 그래서 엄마 뜻을 배반하기 어려웠다. 엄마인 척 담임한테 문자를 보내면서도 얼마나 죄책감을 느꼈는데……. 그럴 필요가 전혀 없었다.

나는 씩씩거리면서 교무실로 갔다.

담임이 입학 원서에 필요한 서류 중에 내가 준비해야 할 것들에 대해 설명해 줬다. 온라인으로 우선 접수하고 프린트해서 우편으로 보내야 한다고 했다.

"어머님이 소설가셔?"

묵례하는 중이었다. 고개를 다 들지 않은 채 "네."라고 했다.

"힘든 길인가 보네, 반대하시는 거 보면. 그래도 원서 마감 며칠 앞두고 허락해 주시는 거 보면 자식 이기긴 어렵나 보네. 엄마한테 잘해."

담임은 아무것도 모르면서 괜히 참견이다. 차라리 평소처럼 심드렁한 게 나을 것 같았다. 이번엔 답하지 않고 교무실을 나섰다.

자기만 좋아하는 일 하고, 딸은 못 하게 하는 엄마가 세상에 또 있을까.

6

나는 일부러 예술계 고등학교 입학 원서를 식탁에 올려뒀다. 엄마가 볼 수 있도록. 역시나 퇴근하고 바로 화장실로 향하던 엄마가 걸음을 멈췄다. 방문을 일부러 열어 둔 채 침대에 앉아서 보란 듯이 책을 읽었다.

내가 가장 좋아하는 작가가 쓴 책이었다.

"이게 뭐야?"

"입학 원서."

엄마가 화를 내려다가 잠시 멈췄다. 심호흡하면서 생각을 가다듬는 것 같았다.

"안 된다고 했지?"

"담임 쌤한테도 말했어. 엄마가 허락했다고."

엄마가 팔을 허리춤에 올렸다.

"거짓말까지 한 거야?"

나는 고개를 끄덕였다. 책을 내려놨다.

"엄마도 했잖아, 거짓말."

"내가 무슨 거짓말을 해?"

"글 안 쓸 거라며? 글 쓰던 시간 후회한다면서?"

"그래서 내가 글 써? 글 쓰는 거 봤어?"

"출판사엔 왜 전화한 거야?"

엄마가 손을 내렸다. 눈을 끔뻑이더니 한숨을 내쉬었다.

"휴대폰 훔쳐봤어? 너 정말 안 되겠구나?"

"엄마는 되고, 나는 안 돼? 왜? 나를 사랑하니까? 내가 행복하길 원해서? 웃기지 않아? 엄마는 글 쓰는 게 그렇게 불행하다면서 왜 쓰는 거야? 엄마가 하는 말은 다 모순투성이야."

나는 준비한 말을 쏟아냈다.

어느 날 일기를 쓰다가 지루하다는 생각이 들었다. 내가 하루 동안 겪은 일만 써야 한다는 게. 그래서 갑자기 거짓말을 쓰기 시작했다. 다른 여자와 사랑에 빠져 우리를 버린 줄 알았던 아빠가 실은 국정원 직원이라 지구 반대편에서 누군가를 구하고 있었다는 이야기도 썼고, 밤마다 요정이 찾아와 요정 나라에 대한 비밀을 전해 준다는 이야기, 꿈을 이루는 데 실패한 사람이 다시 꿈을 이루는 이야기 등을 썼다. 이야기를 지어 내는 일은 즐거웠다. 이야기는 나를 멀리까지 데려갔다. 이야기를 따라 멀리까지 갔다 돌아오면 현실이 달라져 있었다. 사실 현실은 그대로였다. 현실을 바라보는 나의 시선이 달라져 있었다. 이야기는 나를 변화시켰다.

《자기 앞의 생》,《앵무새 죽이기》,《호밀밭의 파수꾼》을 읽으면서 작가가 되고 싶다는 꿈을 키웠다. 엄마가 식탁에 앉아 한숨을 내쉬고 머리를 쥐어뜯는 모습도 근사하게 느껴졌다.

"나는 글 쓰는 게 좋아. 엄마는 내가 글만 쓰다가 엄마처럼 될까 봐 걱정하지만, 나는 그래도 글 쓰고 싶어. 근데 엄마는 나한테는 글 쓰면 엄마처럼 된다고 하면서, 나 몰래 글 쓰고 있던 거잖아. 어떻게 그래? 그게 정말 사랑이야?"

엄마가 입술을 다물었다.

"그러다 안 되면? 그땐 나처럼 파트타임으로 일하면서 살래? 글 쓰는 게 그렇게 좋으면 취미로 하면 되잖아. 그런 사람들 많아. 낮엔 공무원으로 일하고 밤엔 소설 쓰는 사람들. 그러다 소설가로 잘 풀리면 그때 일을 그만둬도 되잖아. 고등학교까지 문창과 갔다가 잘 안 풀리면 어떻게 하려고 그래? 너, 엄마처럼 살고 싶어?"

엄마가 눈을 꼭 감았다. 미처 다물지 못한 입술이 바르르 떨렸다. 엄마는 자신을 실패한 소설가라고 생각하는 게 아니

알을 깨는 아이들

었다. 실패한 사람이라고 생각하고 있었다. 자식은 실패하지 않길 바라는 마음이겠지. 그러나 엄마의 마음을 안다고 해서 이해되는 건 아니었다. 나는 엄마와는 다른 사람이다.

7

엄마와는 다음 날도, 그다음 날도, 다다다다다음날도 말하지 않았다. 입학 원서는 무사히 접수했다. 엄마한테 말했으니 아예 거짓말은 아니라고 합리화했다. 아이들이 교실을 나갈 때까지 멍하니 있었다. 은비도 수학 학원에 가는 날이라 담임이 종례하자마자 교실을 나갔다.

"내일이 실기지?"

교실 문을 나서는데 담임이 나를 불렀다. 당황한 표정으로 담임을 보자 봉투를 내밀었다.

"잘하고 와."

"이게 뭐예요?"

"촌지."

동공이 저절로 커졌다.

"엄마가 드렸어요? 저 실기 보내지 말라고?"

포기한 줄 알았는데 계략을 짜고 있던 것일까.

"내가 주는 거야. 내일 실기 시험 잘 보고 와."

담임이? 학부모가 선생님한테 돈 주는 건 안 돼도 반대는 되는 걸까? 법적으로 괜찮은 거냐고 물으려다가 입을 다물었다.

"실기 전에 긴장되잖아. 음료수라도 사 먹으라고. 그리고 문자 네가 보낸 거지?"

내가 입을 벌리자마자, 담임은

"어머니도 모르시진 않으실 거야."

라고 했다.

"이미 들켰어요."

담임이 피식 웃었다. 담임은 따뜻한 말을 해 준 적이 없다. 늘 지쳐 보였고 가끔은 폭발하기 직전 같아 보여서 쉽게 말을 붙이기 어려웠다. 실기 보러 간다고 돈을 줄 거란 생각은 못 했다.

"너한테만 주는 거 아니야. 실기 보는 애들한테 다 줬어."

고개를 꾸벅 숙였다.

"돈 주니까 고개도 많이 숙이네."

담임이 피식 웃었다. 나를 응원하고 있다는 생각이 들었다. 착각이라도 상관없다. 이런 응원이 필요했다. 엄마의 응원은 바랄 수도 없으니까.

"아 참. 어머님께 축하드린다고 전해 드려."

"축하요?"

"취직하셨다며? 회사 들어갔다고 하시던데."

처음 듣는 이야기였다.

"학교 오셨었어. 나는 엄마가 교사하라고 해서 했어."

그럴 것 같았다.

"교사 되면 시집 잘 간다고."

"결혼 안 하시지 않았어요?"

담임이 고개를 끄덕였다.

"복수. 너는 나중에 복수하지 말고 지금 복수해. 그게 너를 위해서도 나아."

담임의 뒷모습을 바라봤다. 내일도 무표정한 얼굴로 수업하겠지만 의욕이 없어서는 아닐 것이다. 담임은 혼자 밥 먹는 애 앞에 앉아 같이 밥을 먹고, 생리대가 없어 발을 동동 구르던 애의 책상에 생리대를 올려놓았다. 담임은 생각보다 반 학생들에게 관심이 많았다.

그렇다면 담임도 사실 이 일을 좋아하는 게 아닐까. 담임은 엄마에게 평생 복수는 못 할 것 같다.

8

엄마가 집에 있었다. 마트 근무는 오전과 오후에 돌아가면

서 근무하는 순환제였다. 요즘 오후 근무를 빠지는 날이 많
았다.

"마트 짤렸어?"

담임으로부터 엄마가 회사에 취직했다는 이야기를 들었지
만 모른 척했다.

"그래. 짤렸다."

엄마가 나를 툭 치곤 식탁 의자에 앉았다.

"여기 앉아 봐."

군말 없이 맞은편 의자에 앉았다.

"글 쓰는 일이 아무나 하는 건 줄 알아?"

역시나 이럴 줄 알았다. 내일 실기 시험에 못 가게 할 속셈
이 뻔했다. 실기를 못 보면 당연히 예술계 고등학교에 떨어
지고, 그럼 기말고사 이후에 인문계 고등학교에 입학 원서를
낼 수 있다.

평소 같으면 다다다 말했을 텐데 입을 열려고 하면 자꾸
눈물이 나왔다. 공상하고 문장을 만드는 걸 좋아하지만 잘하
는지는 모르겠다. 열심히 이야기를 짜서 인터넷에 올려 보면
조회수는 처참했다. 웹소설이 아니라서 그런가 보다 싶다가
도 독후감 대회에서도, 글쓰기 수행평가에서도 썩 좋은 점수
를 얻지 못하는 걸 보면 재능이 없는 게 아닐까 싶었다.

엄마는 어릴 때부터 글 잘 쓴다는 소리를 지겹게 듣고, 백
일장을 휩쓸고 다녔다고 한다. 그런 엄마도 작가로 등단했을
뿐 글로 돈을 벌진 못했다. 작가를 직업으로 삼겠다는 건 너
무 무모한 짓일까. 작가가 되겠다고 시간만 보내다 변변한 직
장도 얻지 못하고 평생 파트타임만 하며 지내는 건 아닐까.

"그래도 하고 싶다는 걸 어떻게 말려. 엄마랑 소설 수업 같
이 들었던 친구가 편집자가 됐거든. 그 딸이 예고에 입학했
대서 통화했는데……."

"뭐라고?"

"뭘 다시 물어. 통화했는데 첫 문장이 중요하대. 심사위원
들이 그날 글을 한두 개 보는 게 아니잖아. 만약에 '여름이었
다, 를 시작 문장으로 하시오'라고 하면 뭐라고 쓸 거야?"

"엄마 그거 때문에 출판사에 전화한 거야?"

"대답이나 해. 여름이었다, 로 시작하라고 하면 어떻게 쓸
거야?"

엄마가 출판사에 전화한 이유가 책을 출간하기 위해서가
아니라 예술계 고등학교 실기 시험에 대해 물어보기 위해서
였다니. 상상도 하지 못했다.

"여름이었다, 지난주까지만 해도. 이번 주는 가을이다. 난
이렇게 시작할 거야."

"뭐야? 잘하네?"

"이게 잘한 거야?"

어리둥절했다. 여름이었다, 지난주까지만 해도. 이번 주는 가을이다. 이게 잘한 거라니. 몰래카메라인가 싶어서, 그럴 리 없다는 걸 알면서도 주위를 두리번거렸다. 그런데 엄마 표정이 진지했다. 엄마가 종이를 내밀었다. '실기 꿀팁'이라고 적혀 있었다.

"너도 당해 봐라, 그런 거니까 좋아하지 마."

"그럼 왜 그렇게 기분이 좋았던 거야?"

"엄마 취직했어. 예전에 엄마 다니던 회사 부도나서 쫓겨난 거 알지? 사장님이 연락 주셨어. 다시 같이 해 보자고. 어떻게 먹고 사나 했더니, 하늘이 무너져도 솟아날 구멍은 있구나 싶더라. 왜? 뭐 책이라도 계약된 줄 알았어? 그 바닥이 그렇게 쉬운 곳이 아니야. 그럼 나는 벌써 책 수십 권 냈게?"

또 또 또 잔소리다.

지겨운 엄마의 신세 한탄.

글 쓰다 잘 안 풀린 사람이 엄마 한 명일까? 그럼 그리다 안 풀린 사람은? 미디어엔 꿈을 이룬 사람들만 나오지만 내 주변에 꿈을 이룬 사람은 거의 없다. 그런데 그 사람들이 모두 자기 꿈을 원망하진 않는다.

나는 보란 듯이 귀를 막았다. 엄마가 더 말하려다가, 혀를 차곤 냉장고에서 맥주를 꺼내서 방으로 들어갔다. 엄마가 준 실기 꿀팁을 읽었다. 예술계 고등학교에 가지 마라마라 하면서도 꿀팁을 구해 온 이유가 뭘까. 엄마도 혼란스러운 것일까. 엄마도 엄마는 처음이니까.

9

엄마는 시험을 잘 봤는지 아닌지 묻지 않았다. 담임도. 담임이 준 봉투에는 3만 원이 들어 있었다. 시험 보기 전에 이온 음료를 사 먹고, 시험 끝나고 은비와 만나서 떡볶이에 순대를 사 먹었더니 사라졌다.

"두구두구두구두구 클릭한다, 한다? 한다?"

오늘은 예술계 고등학교 합격자 발표날이다. 은비의 말소리가 갑자기 들리지 않았다.

"장난치지 마. 그냥 말해."

"아니 그게 아니라. 아, 나 학원 가야 되는데. 늦으면 아예 못 들어가."

나는 은비를 옆으로 밀쳤다. 합격자 조회 화면에는 '불합격'이라고 쓰여 있었다.

은비까지 불러서 굳이 합격자 조회를 했던 건 합격할 줄 알았기 때문이다. 실기 시험에서 제시된 문장은 '가을이 시작됐다'였다. 여름이었다, 로 엄마와 대화를 나눴는데 가을이 시작됐다, 는 문장이 제시돼서 신기했다. 좋은 징조라고 여겼다.

가을이 시작됐다. 내 마음은 아직 여름에서 빠져나오지 못했다, 로 시작되는 짧은 소설을 써서 제출했고 글을 쓰는 동안 다른 세계에 다녀온 기분이 들었다. 공짜 해외여행? 아니 우주여행에 가까웠다. 내가 만든 세계에 빠져들수록 감정이 고조됐다. 폭발할 것 같은 기분인데 글 외에 무엇으로도 해소될 것 같지 않았다. 펜을 놓자 충만하다는 느낌이 들었다.

그런데 왜 떨어진 걸까?

글을 쓸 때의 즐거움과 글쓰기의 완성도는 상관없는 걸까? 엄마 말이 맞았던 걸까?

"대학을 문창과로 가면 되지. 고등학교는 상관없잖아."

은비가 내 눈치를 보더니 가방을 들었다.

"학원 갈 시간이야."

만약 합격했다면 학원 빠지고 축하 파티했을 텐데……. 나는 고개만 끄떡이고 마중 나가지 않았다.

알을 깨는 아이들

10

엄마는 6시 반이 지나자 집에 도착했다. 직장을 옮기고 나선 순환 근무 대신 오전 8시에 출근해서 오후 6시에 퇴근한다. 침대에 계속 누워 있었다. 방문 앞에서 걸음 소리가 멈추더니 다시 움직이는 소리가 났다.

방문을 벌컥 열고 "엄마 왔는데 나와 보지도 않아?"라고 하지 않는 걸 보면 내 소식을 들은 게 분명하다. 엄마는 기뻐하고 있을까? 아니면 속상해할까?

자기 말이 맞았다고 고소해하지는 않을까.

헤밍웨이는 말했다. 모든 초고는 쓰레기라고. 쓰레기가 분명한 내 글을 보고 스스로 만족했기 때문에 떨어진 걸까?

이불을 머리끝까지 올렸다. 숨이 막히고 식은땀이 나기 시작했다. 벌써부터 내 인생, 망한 것 같다.

"저녁 안 먹을 거야?"

엄마가 한참을 지나서 방문을 열었다. 이불 안에서 소리쳤다.

"안 먹어!"

"굶으면 너만 손해지."

엄마가 방문을 닫고 나갔다가 다시 문을 열었다.

"고작 한 번 떨어진 걸로 밥도 안 먹으면, 어? 나중에 공모

전 떨어지면 인생 포기할 거야?"

이불을 내렸다.

"좋아? 내가 떨어지니까 좋아?"

"그래, 좋다."

엄마가 국자를 흔들었다.

"잘됐네. 엄마가 원하는 대로 돼서."

나도 안다. 엄마가 잘못한 게 아니라는 걸. 지금 화를 내야하는 대상이 잘못됐다는 걸. 나는 엄마에게 책임을 전가하고싶은 걸까.

"편집자랑 통화한 날, 편집자가 그런 얘기를 하더라."

엄마가 한숨을 내쉬었다.

"대형 출판사 편집자로 10년 넘게 일했으니까 얼마나 많은작가를 봤겠어? 첫 작품부터 빵 터진 작가, 아무리 내도 독자가 알아봐 주지 않는 작가, 겨우 이름 알리는가 싶더니 후속작을 못 내는 작가, 책 한 권 못 내고 끝나는 작가. 별별 작가 다 봤겠지. 내가 우리 애가 작가가 되겠다는데 아무리 봐도 이 길은 너무 힘들지 않느냐고 했더니, 웃으면서 그러더라. 말려서 되는 거냐고."

엄마가 한숨을 내쉬었다.

"하면 된다, 는 자신감도 필요하잖아. 근데 그보다 더 필요

알을 깨는 아이들

한 게 뭔지 알아?"

엄마와 꿈에 관해 이렇게 진지하게 대화해 본 적은 처음이었다. 나는 고개를 저었다.

"실패를 받아들일 용기."

엄마가 내 눈을 지그시 바라봤다.

"엄마는 더 이상 용기가 없어."

작가의 꿈을 갖게 된 후로 처음 실패를 맛봤다. 나는 화낼 대상을 이리처럼 찾아다녔다. 마치 엄마처럼. 자신의 인생이 그 모양 그 꼴인 게 모두 소설 때문이라고 탓하는 엄마처럼, 나는 엄마를 탓하고 싶었다.

"엄마는 더 이상 글을 쓰고 싶지도 않고, 책을 내 줄 출판사 찾아다니는 일도 하고 싶지도 않아. 지긋지긋해. 아무런 대가 없어도 그저 쓰는 게 좋다는 사람들도 있는데, 나는 그게 안 되나 봐. 안 되는 일에 매달리고 싶지 않아. 너도 그렇게 될까 봐 겁나. 가장 좋아했던 일을 가장 미워하게 될까 봐."

엄마가 방문을 닫았다.

겨우 한 번 실패했다. 앞으로 작가가 되려면 얼마나 많이 실패하게 될까. 겨우겨우 작가가 돼도 책을 계속 낼 수 있다는 보장이 없다.

침대에 누워 멍하니 있는데 엄마가 다시 들어와서 신문을 내밀었다. 엄마의 당선작과 당선 소감이 게재돼 있었다.

당선 소감
이윤정

당선되기까지의 과정을 알았다면 작가가 되겠다고 큰소리치지 않았을 것 같습니다. 크리스마스 전에 연락이 오지 않으면 탈락이라는 말, 신춘문예에 원고를 보내는 작가 지망생이라면 모두 들어 봤을 것입니다. 올해도 우울한 크리스마스를 보낼 줄 알았는데 평생 잊지 못할 특별한 크리스마스를 보냈습니다. 저는 죽을 때까지 당선 소식을 들었던 지금 순간을 잊지 못할 것 같습니다.
지치지 않고 쓰겠습니다.
끝까지 쓰겠습니다.

엄마는 지쳤다. 엄마는 더 이상 쓰지 않는다.
쓰고 싶어 미칠 것 같은 시간이 사라지고 원망만 남았다.
엄마는 나의 미래에서 기쁨이 아닌 원망을 본 걸까.

그렇다면 꿈을 갖는다는 건 성공하겠다는 것과 같은 말이 아니라 실패하겠다는 말과 같은 말일까. 나는 그제야 엄마가 왜 그렇게 작가의 길을 반대했는지 알 것 같았다. 실패는 사랑이다. 실패할 것을 알면서도 놓지 못하는 것, 그게 사랑이라면 엄마는 더 이상 글쓰기를 사랑하지 않는다. 한때는 열렬히 사랑했겠지만, 지금은 아니다. 나는 글쓰기를 사랑하는가? 실패할 것을 알면서도 나는 계속 글을 쓸 수 있을까?

오직 글을 쓰는 순간을 통해서 위로받을 수 있을까.

사랑이 식은 후에도 엄마처럼 되지 않을 수 있을까.

내가 대답해야 할 차례였다.

비슷한 시기에 출간될 시리즈 소설의 신간 교정을 오전까지 보고, 잠시 숨을 돌린 다음, 앤솔러지 원고 교정과 작가의 말을 쓰고 있다. 단편 원고와 장편 원고의 마감도 기다리고 있다. 힘들다.

그런데 힘들다, 라고 말하고 나면 "누가 칼 들고 협박했어?"라고 할 것만 같다. '누칼협'이란 말은 힘들다는 말을 원천 봉쇄시킨다. 유행어는 시대상을 반영하는데, 그렇다면 지금은 어떤 시대일까? 조금의 투정도 용납하지 않는 사회가 되어 가는 것 같다. 어릴 때부터 작가가 꿈이었고, 당연히 누가 칼 들고 협박하지도 않았다. 그래도 힘들다.

20대 내내 신춘문예에 떨어졌다. 재능이 없는 것 같아서 괴로웠다. 누가 나한테 재능이 있는지 없는지 말해 주면 좋겠다고 생각했다. 재능이 없다고 하면 과감하게 그만둘 생각이었고, 재능이 있다고 해 주면 버텨 볼 생각이었다. 그런데 아무도 재능이 있다고도, 없다고도 해 주지 않아서 계속 썼다.

그러다 우연히 청소년 문학을 쓰게 됐다. 작가가 되면 내게 문학적 재능이 있는지 없는지 알게 될 줄 알았는데, 아직도 모른다. 그래서 여전히 나에게 되묻는다. 나에게 재능이 있을까? 가끔 작가 지망생들을 만날 때가 있다. 그들도 자신에게 재능이 있는지 없는지 궁금해한다. 뛰어난 글을 읽으면 정말 잘 썼다고, 부럽다고 말해 줄 수는 있지만 재능이 있는지 없는지 말해 줄 수는 없다. 왜냐하면 모르니까. 내 재능도 있는지 없는지 모르는데, 다른 사람의 재능을 어떻게 알까.

내가 해 줄 수 있는 유일한 말은 끝까지 써 봐야 안다는 것이다. 그리고 어쩌면 끝까지 써 내는 게 작가에게 가장 필요한 재능일 수도 있겠다는 생각도 든다. 형편없는 글인 줄 알면서도 끝내 써 내고야 마는 충동, 아집, 결심들. 그런 마음이 있는지도 없는지도 모를 재능이란 벽을 뚫어 버리는 게 아닐까.

언제까지 글을 쓸 수 있을지 모르겠다. 작품을 발표할 때마다 기쁘기보단 두렵다. 남들의 평가도 두렵고 스스로의 평가도 두렵다. 언제쯤 떳떳할 수 있을까. 그러나 이런 모든 마음 뒤로 쓰고 싶다는 열망이 아직 도사리고 있다. 그 마음을 오래 간직하고 싶다.

박하령

《의자 뺏기》로 제5회 살림청소년문학상 대상을 받으며 작품 활동을 시작했다. 지은 책으로는 《반드시 다시 돌아온다》, 《발버둥 치다》, 《기필코 서바이벌!》, 《1인분의 사랑》, 《나는 파괴되지 않아》, 《열일곱, 오늘도 괜찮기로 마음먹다》, 소설집 《나의 스파링 파트너》, 《숏컷》이 있다. 사회성을 담은 소재로 10대의 현실을 예리하게 파고들며 '함께 살아간다'라는 공감과 연대의 힘을 꾸준히 건네고 있다.

1

인터폰을 연거푸 눌러도 대답이 없다. 과외 쌤 휴대폰에도 연락이 안 된다. 이런 경우 100퍼센트 내 잘못이 아니니 떳떳하게 집으로 가면 된다. 여긴 공동현관조차 출입 불가라 마냥 기다릴 수도 없다. '개이득'이란 생각에 약간의 설렘이 들어찬다. 뭐, 와야 하니까 온 거지 어차피 학습 의욕에 넘쳐 온 것도 아니니까. 15초 후, 턴해서 버스 정류장으로 가는데 톡이 온다. 제길! 곧 도착하니 집에 들어가 있으라며 톡으로 공동현관 비번, 집 비번을 다 보냈다.

난 잠시 망설인다. '톡을 못 본 척하고 이미 버스를 탄 뒤였다고 나중에 둘러댈까?' 아니, 다시 오라고 할 게 뻔하다. 알

리바이를 꾸미기도 귀찮고 무엇보다도 거짓말이 간단하게 먹히는 타입이 아니다. 숫자로 딱 떨어져야 하는 수학을 가르치는 쌤이라서인가? 엄벙덤벙 넘어가는 게 없다. 숙제를 안 했을 때 절대 그냥 안 넘어간다. 학생이 숙제를 안 하는 이유가 뻔할 뻔 자인 걸 모르는 사람이 없건만, 어떤 변명이라도 꼭 해야 한다. 아니, 솔직히 무슨 특별한 이유가 있겠냔 말이다.

'난 알고 싶어. 왜 안 했어?', '집에 무슨 일 있니?', '아냐? 아닌데 왜?', '왜 하기가 싫을까?' 이런 종류의 질문을 거친 뒤 '해야 하는 것'과 '하기 싫은 것'이 내 인생을 어떻게 변화시킬 수 있는지에 대한 연설을 한바탕 들어야 한다. 게다가 한 귀로 듣고 한 귀로 흘리는 건 불가능하다. 왜냐, 들은 걸 내 입으로 되뇌인 뒤 뒤이어 나의 다짐이나 각오 같은 멘트를 넣어 마무리해야 하니까. 그래야 엄마한테 문자가 안 간다. 거의 고문 기술자 수준이랄까? 아무튼 이런 과정을 몇 번 겪다 보면 그 과정이 너무너무 지긋지긋해져서 할 수 없이 숙제를 따박따박 하게 된다. 이게 이 과외 쌤만의 노하우다. 엄마들은 쌤의 그런 노하우를 높이 산다. 하지만 딴 것도 아니고 머리를 굴려 하는 공부가 그런 방법으로 효율성이 있을 리가 없다. 강제로 하는 일엔 그에 걸맞은 최소한의 수확

알을 깨는 아이들

만 있을 뿐이란 걸……. 다들 도통 모르신다.

2

비번을 누르고 집으로 들어갔다. 남의 빈 집에 들어가 있자니 기분이 묘했다. 매번 앉던 거실 소파이건만 낯설다. 집 주인이 없으니, 이곳은 나와는 완벽하게 무관한 공간이다. 소파, 텔레비전, 식탁 등……. 눈에 보이는 모든 사물이 심하게 낯가림하는 것처럼 느껴져 이물스럽다. 집 안에서 나는 한약 냄새도 견딜 수가 없다. 빨리 시간이 가길 조바심 내는데 문자가 또 온다. 시내서 오는 길 쪽에 사고가 난 건지 많이 막힌단다. 한 30분은 걸릴 것 같으니, 문제를 풀고 있으라며. 그러곤 못 미더웠는지 뒤이어 바로 전화가 온다. 하지만 난 씹는다. 전화로 노트를 폈는지 체크하고 심지어 원격 문제 풀이까지도 할 수 있으니까. 이 시간은 온전히 내 시간인데 이마저도 장악하려 들 게 뻔하다. 완전 사양한다!

그때, 불현듯 희수 생각이 났다. 맞다! 신희수, 걔가 여기산다고 했던 기억이 난다. 유치원, 초등 동창이면서 어릴 적부터 날 줄기차게 좋아하는 애다. 웃기는 건 좋아한다면서도 절대 날 귀찮게 안 한다. 사귀자거나 만나자거나 그러지 않는다. 물론 한두 번 나한테 거절당한 뒤부터 그러는 거지만.

내 스타일이 아니라서 거절하자, 쿨하게 말했다.

"좋아! 도다, 네가 원한다면 그냥 멀리서 좋아하기만 하지."

그러면서 그게 좋아하는 사람이 해야 할 도리라나? 사실 내 이름은 도다현인데 나를 도다라고 부르는 이유도 거창하다. 희수 왈, 내가 도레미파솔라시도의 '도' 같은 존재라며. 도로 시작해서 도로 끝나는 음계의 도. 그래서 도다란다.

"개뻥치시네."

코웃음 치는 내 말에 희수는 제법 진지한 척하며 말했다.

"너가 나를 알겠냐? 존재가 다른데……."

물론 존재의 차이는 인정한다. 하지만 신희수는 머리는 좋아도 애정 문제에 관한 한 뇌순남 스타일이므로 뭘 모른다. 고로 개 말은 무지에서 비롯된 뻥이다. '멀리서 좋아하기만 하겠다고?' 말도 안 된다. 그건 상대를 귀찮게 안 해도 될 만큼만 좋아하기 때문인 거다. 정말 좋아한다면 도리? 그딴 거 절대 안 따진다. 진짜 좋아한다면 수없이 화살을 쏘아 대고 들이대고 또 상대가 반응을 안 하면 밤마다 이불킥을 하는 게 극히 정상적인 반응이다. 고로 사랑해서 헤어진다는 둥, 너를 위해 놔 주겠다는 둥, 이딴 소리도 다 헛소리라고 생각한다. 헤어질 수 있을 만큼만, 딱! 그만큼만 좋아하는 거다.

알을 깨는 아이들

물론 이 얘기는 희수에게 말 안 했다. 혹여 내가 귀찮게 해 주길 바라는 것처럼 들릴까 봐서다. 무색, 무미, 무취의 사이랄 수 있는 우린 일주일에서 열흘 정도에 한 번씩 간헐적으로 톡을 주고받는다. 주로 희수가 일방적으로 보낸다. 그렇다고 답을 구하는 내용도 아니다.

— 나 농구하고 집에 가는 길, 땀 냄새 존나 찐다.
— 시내 놀러 왔는데, 와, 날라리 겁나 많네. 너도 쟤들 쫌 닮지?
— 대학에 꼭 가야 하는 걸까? 대학이 내게 오면 안 되나?

그냥 열어 보고 '어쩌라고?' 그러면 된다. 스팸만큼의 의도도 없다. 고로 하나도 귀찮지 않다. 내 생일이거나 아니면 자기가 내키는 아무 때, 선물도 보낸다. 선물도 부담스럽지 않다. 너무 부담스럽지 않아서 차라리 화가 날 정도의 선물이다. 언젠가는 자기 문자 씹을 때 같이 씹으라며 껌을 봉투에 넣어 우리 학교 다니는 애 편에 보낸 적도 있다(마침, 졸려서 미칠 것 같을 때라 그 껌, 요긴하게 잘 씹었다). 늘 그냥 적당한 거리를 두고 느슨한 인연을 엮으며 지낸다. 나도 가끔 기분이 엿 같은 날이면, '열 받아 미치겠어' 이런 하소연용 톡을 보낸다. 그럼 토닥토닥하는 이모티콘을 보내 온다. 받고 나면 손톱만큼은 기분이 업된다. 진짜 너무너무 추울 때만 한 번씩 꺼내 신는 수면 양말 같은 친구랄까? 뭉근한 온기를 나눠 주는 맹숭맹숭한 그런 사이? 생각난 김에 희수에게 톡을 보냈다.

— 나 지금…… 니 머리통 아래 있으.

걔네 집은 35층이고 여긴 18층이니까.

— 앗! 레알? 나 엘베 안인데.
— 그럼, 오든지.
— 가두 돼?
— 쌤 올 때까지 잠깐 가능함.

희수를 보는 건 한두 달 만인데 너무 변해서 하마터면 문을 다시 닫을 뻔했다.
"너 뭐냐!"
"놀래긴?"
"모르는 사람인 줄?"
신희수가 대변신을 했다. 속이야 알 바 없지만 적어도 외

형적으론 그랬다. 요새 록에 심취했다더니 그래서인가? 차림이 장난 아니게 튄다. 까만 실크 원단 셔츠에 여성용으로 보이는 허리가 잘록한 디자인의 가죽 슈트를 입고 칼라 옷깃엔 A4 용지 반 묶음을 한 번에 집을 수 있을 만큼 튼실해 뵈는 서류용 집게 같이 생긴 걸 액세서리로 달았다. 머리는 펑크스타일로 왁스를 발라 정교하게 세우고 귀 옆으로는 마치 구레나룻처럼 몇 가닥의 머리를 붙였다. 그리고 바지는 스키니 진을 입었는데 입고 꿰맨 게 아닐까 의심이 갈 정도다. 얼핏 보기에 방탕한 닭처럼 보였다.

"닭이냐?"

내 말에 '꼬끼오!'를 목청껏 외친다. 닭은 먹을 때 말고는 별로 본 적 없으므로. 그것마저 완전 새롭다. 죽은 닭은 울지 않으니까.

"살아 있는 닭은 처음인 듯!"

"맘에 드냐?"

"뭐, 그럭저럭?"

닭 볏처럼 세운 머리카락 때문에 그렇게 보이는 거지, 사실 희수의 이미지는 곰돌이 푸에 가깝다. 키는 크고 삐쩍 말랐지만, 이목구비가 다 동글동글하고 그뿐 아니라 성격도 행동거지도 모난 데라곤 찾아볼 수가 없는 스타일이다. 아니,

그동안은 그랬었다.

"심장이 막 요동치냐?"

"글쎄~ 그런 것도 같고…….""

아닌 게 아니라 희수의 색다른 모습이 너무 신선해서 얼음을 깨물었을 때의 찌릿함마저도 느껴졌다. 엉뚱한 구석이 약간 있긴 했어도 오늘과 같은 차림은 정말 의외다. 불과 얼마 전까지만 해도 폴로 티나 셔츠 같은 걸 입을 때면 맨 위 첫 단추까지 반드시 채워 입던 아이였다. 여름엔 반바지 밑에도 하얀 면양말을 꼭 신어야 하고. 그뿐이 아니다. 머리도 길이 며 모양이 항상 똑같은 데다 늘 단정하게 빗은 상태 그대로 라 오죽하면 가발이 아니냐고 잡아당겨 볼 정도였다. 고지식한 답답이 남동생 스타일이었는데 갑자기 이런 변신을(?) 보는 것만으로도 재미나서 자꾸 보게 된다.

"우와, 어쩌다 이런 패션에 꽂힌 거야?"

"힘을 내는 중이라…….""

"힘?"

"뭐든 하려면 힘이 들잖아? 씻고 먹고 놀고 이런 사소한 행동에도 힘이 들어가야 하듯이, 그런데 이렇게 튀게 차려입고 다니려면 힘이 어마무시하게 들거든? 저항을 견디는 힘, 그 걸 키우는 중이야."

"뭔 소리?"

"집에서 배 터지게 먹는 욕도 버티고 길거리 다닐 땐 사람들 시선도 이겨 내고, 내 외모에 선입관 가진 사람들의 편견도 개무시하고, 중력을 이기듯이 이런저런 저항을 밀어내는 힘을 만드느라……. 야~~~야얍!"

황당한 발상이지만 전후 맥락을 따지자니 이해가 갔다.

"헬스장에서 무거운 덤벨 들면서 팔 힘을 기르듯이?"

"맞아!"

언젠가 바닷가에서 큰 모래주머니를 발목에 매고 모래사장 위를 달리던 운동선수들을 본 기억이 떠올랐다. 기합을 내지르며 앞으로 힘겹게 달려가던 선수들이 모습이 내 눈엔 아주 고독해 보였었다. 그래서인지 아깐 솔직히 '짜식! 겉멋 제대로 들렸군' 했었는데 생각이 바뀌었다. 희수가 지금 자기와의 싸움을 하느라 엄청난 땀을 흘리며 애쓰는 중이라고 생각하니 기특하기도 하고 새삼 안쓰럽게도 보였다. 밤늦은 시간 잠과 싸우면서 문제집을 넘길 때, 거실에서 들려오는 텔레비전 소리와 가족의 웃음소리를 견뎌낼 때, 과외 가야 하는 나만 두고 애들끼리 패스트푸드점으로 가는 걸 볼 때, 무지하게 고독했던 기억이 있기에 희수의 말이 너무너무 이해된다.

"색다른 방법이지만 뭐! 일리는 있네. 그래서 힘이 생기디?"

"어. 일단 개기는 힘이 생겼지."

"오오오~ 개긴다고? 제법인데? 너 항상 미리 알아서 기는 스타일이었는데. 너, 기억나냐? 유치원 때 색칠하기 할 때도 선 밖으로 빠져 나가는 거 너 유난히 못 참아 했어. 내가 나뭇잎을 파란색으로 색칠했다고 그걸 굳이 굳이 다시 초록으로 칠하라고 우기던 미친놈이었는데……."

내 말에 '피식!' 웃는 희수.

"맞아. 그랬지. 그동안 주술에 걸렸다가 풀린 기분이야."

"오!!! 주술에 걸렸다 풀리는 건 내가 알기론 하나인데? 디비져 퍼 자는데 공주가 와서 입맞춤을 했나요?"

원인 없는 결과가 없듯이 저런 변화를 겪을 때는 뭔 일이 있었던 게 뻔하지만 더 묻지는 않고 장난으로 넘겼다.

솔직히 톡 까놓고 말하지만 신희수, 쟤는 하지 말라는 일은 절대 안 하는 답답이 스타일이어서 짜증 제대로 돋게 하는 애였다. 아이큐가 높아서 일찍이 학교에서 주목받았고 비정상적인 점수로 수학·과학 영재란 소리를 듣긴 했지만, 그거야 내 시점에선 아무 의미 없는 일이고 내겐 답답이일 뿐이었다. 그중에서도 신희수가 최고로 밥맛이던 기억은 6학년 때 종례 직전 담임 쌤 오기 전까지만 책상 밀어 놓고 말타기 하자는데 굳이 혼자 책상 지키고 버티는 바람에 직선으로 달리지 못해서 애들한테 욕을 엄청 먹었다. 그때 신희수, 진짜 재수 없었는데 이제야 주술이 풀려 느끼는 바가 생겼고 그래서 또 개기기까지 하신다니 나로선 대견할밖에. 오래 살고 볼 일이다.

"도다, 너 쌤 기다려야 함?"

"아마도 그래야겠지?"

"30분이나 늦는다며. 기어코 과외한대?"

"세상이 쪼개지지 않는 한 악착같이 하는 스타일이야."

"그건 쌤 스타일이고……. 우린…… 우리 스타일이 있는데……."

"어?"

"너한테도 선택권은 있어."

'선택권'이란 어휘 하나에 내 마음이 들썩이기 시작했다. 아니, 쩌~어억 하고 금 가는 소리가 내 귀에 들리는 거 같았다. 그도 그럴 것이 난 희수가 내고 있다는 힘에 이미 자극을 충분히 받은 뒤다.

"오~~홍, 나한테 있다고?"

"응, 거기, 주머니 속"

그러곤 내 겉옷 주머니에서 뭔가를 꺼내 내 손에 쥐여 주는 시늉을 하면서 천연덕스럽게 말했다.

"너가 원하는 걸 결정해. 너 의지와 상관없이 끌려갈 생각이 아니라면 말이야."

난 내 빈손을 들여다봤다. 마치 진짜 뭔가가 있다는 듯이 자세히. 그리고 말했다.

"좋아. 선택하겠어. 나가자!"

이 권리를 선택하지 않는다면 난 그냥 어딘가로 끌려가는 게 되는 거라고 생각하니 그건 원치 않는 바였다. 크레파스를 선 밖으로 안 그으려고 아등바등하던 애도 저렇게 힘을 낸다는데…… 내 자존심의 깃을 한껏 세우고 싶은 기분이 들었다고나 할까?

"좋아, 희수 너도 개긴다는데. 나도 함 개겨 보지 뭐!"

물론 약간의 현실적인 걱정이 내 뒷덜미를 잡긴 했었다. 엄마가 이 상황을 절대 이해할 리 없을 테니까. '야, 너 미쳤어?'라며 발끈할 거다. 하지만, 그러거나 말거나 난 그 순간 확신에 차 있었다.

'나도 내 시간을 선택할 권리가 있다구!'

알을 깨는 아이들

3

엘베를 타자마자 지하 1층을 누르는 희수에게 어디 가냐고 묻지 않았다. 난 끌려가는 게 아니고 나의 선택으로 나가는 거니까. '힘내느라 애쓰는 놈, 믿어 주자' 그런 누나 같은 맘이랄까? 그러다 엘베 안에서 휴대폰을 만지작거리는 희수의 뒷모습을 보면서 뒤이어 난 색다른 감정도 느꼈다. 그건 희수에 대한 무한 신뢰 같은 거였다. '뭐지? 이 뜬금없는 감정은?', '대체 이 무한 신뢰감은 왜 생기는 거지? 무슨 시추에이션?' 당황스러웠지만 내 감정의 출처를 찾을 여유가 없었다. 지하 주차장 구석을 향해 넓은 보폭으로 저벅저벅 걷는 희수를 뒤에서 종종종 따라가기도 바빴으니까. 잠시 뒤, 초록색 비상구 표시등이 보이기에 난 말했다.

"저쪽이 출구인데?"

하지만 희수는 반대쪽으로 몸을 틀었다. 그러곤 말투마저 터프하게 말했다.

"따라 와! 잼나게 해 줄게. 몸속에 있는 실핏줄들이 다 간질간질해질걸?"

'실핏줄이 간질간질해지는 상태는 어떤 걸까?' 궁금하긴 했다. 전 같으면 '야! 뚜벅이 주제에 주차장은 왜 가냐?' 이러면서 따졌을 텐데 그냥 순순히 따라갔다. 판단하지 않고 믿어 주는 센스로. '개김에서 업그레이드되면 터프함으로 발전되는 건가?' 하긴 살면서 나한테 '따라와!' 이런 말을 한 남자애는 얘가 처음인 듯? 그 말이 주는 분위기와 일방적인 행동이 묘한 기분이 들게 했다.

희수가 멈춘 곳은 주차장 제일 안쪽이었다. 거기엔 한눈에 보기에도 근사한 오토바이가 있었다. 몸체며 금속 부분이 유난히 단단해 보이는 품새하며 의연하게 어깨를 벌리고 있는 듯한 자태가 마치 가문이 좋은 집에서 영양 좋게 잘 자란 자식같이 품위가 있어 보이는 오토바이. 게다가 스텐 부분마다 광택이 심상치 않게 나는 게 주인의 사랑마저도 듬뿍 받은 걸로 보였다. 더할 나위가 없는 오토바이다. 물론 난 오토바이에 대해 아는 게 없어서 그 이상은 아는 체할 수도 없지만.

"사촌 형 건데 우리 집에 두고 갔거든."

이제야 알 것 같았다. 희수의 차림이 바이커의 차림이란 걸.

"호랑이한테 고기를 맡겼군."

희수는 싸아악 하고 피부가 밀리는 듯한 미소를 지으며 말했다.

"그 정도 상상력은 있는 형이야."

"설마, 날 재밌게 해 준다는 게?"

"왜 아냐?"

"이런!"

"시승 실시!"

전 같으면 생각의 여지조차 없이 '노!' 했을 일이건만, 아니 노!에 이어 욕까지 바글바글 뱉어 낼 일이건만, 왠지 이 대목에서 시승은 너무 자연스러운 일처럼 여겨졌다. 난 스피드를 즐기는 타입도 아닌 데다 오히려 오토바이의 다소 폭력적인 굉음에 혐오감을 느끼는 편이었다. 사람들을 놀래키는 예의 없는 탈것이니까. 그리고 오토바이를 타는 아이들도 결코 좋게 보지 않았다. 고딩이라면 대부분 면허 없이 타는 불량한 경우고 또 그 뒤에 매달려 가는 애들 역시 허세 쩌는 꼴통으로 보였다. '나 이런 식으로 선을 넘을 줄 아는 애거든?' 이런 유치한 자랑질을 하는 중인 거 같았으니까. 하지만 어이없게도 지금은 그런 생각은 하나도 안 든다. 표리부동한 나에 대한 회의감조차 없다. 그냥 오늘의 일과 안에 있는 스케줄대로 움직인다는 차원에서 그냥 수순대로 해야 하는 일이랄까? 더욱이 이 일 역시 희수가 말하는 '힘을 내기 위한 일' 중 하나라고 생각하면 나 역시 기꺼이 동참해야지 싶었다. 어차피 내친걸음이다. 과외도 쨌고 내 의지대로 시간을 쓰겠다는 선택권도 손에 쥐었다. 그러니 '와이 낫?!'

희수가 건네는 헬멧을 바로 쓰고는 5년째 타는 내 파란 고

물 자전거에 타듯이 캐주얼하게 오토바이에 올라앉아 희수의 허리를 부둥켜안았다. 양팔에 쏙 들어오는 허리 사이즈가 맘에 든다. 앉기가 무섭게 오토바이는 굉음을 내며 몸을 떨었다.

"부르릉."

이글거리는 야성의 촉감이 몸 전체로 전해 온다. 그러곤 튕겨 나가듯 출발한 오토바이는 질주하기 시작했다. 주차장의 어둠을 벗어나 햇살 아래로 나서자, 영화관의 어둠 속 스크린이 순식간에 확 걷어지는 기분이 들었다. 아니 비현실적인 스크린 속으로 내가 들어간 것 같아서 순간, 혹시 내 인생의 터닝 포인트가 혹시 이 지점이 아닐까 하는 생각도 해봤다. 내가 두 발로 타박타박 우직하게 걷던 거리가 순식간에 뒤로 밀려 나가기 시작하면서 세상 모든 게 다 나의 배경 화면에 불과한 무엇이 되었다. 난 주인공이고 그저 기죽지 않고 나를 따르는 건 내 머리 위의 파아란 하늘뿐이었다. 파랗고 하얀 구름, 내 얼굴을 훑고 가는 시원한 바람과 지축을 흔드는 듯한 오토바이의 굉음, 목울대를 세차게 치고 올라오는 탄성 그리고 입 안에 고이는 통쾌함의 맛까지. 희수가 왜 실핏줄들이 간질간질해질 거라고 말했는지 알 것 같았다. 모처럼 내 안의 오감이 동시다발적으로 제 기능을 하고 있었으니까. 언어 시간에 배운 공감각적이란 게 바로 이런 거구나 싶었다(형광펜으로 책 위에 줄 긋기만 하는 게 무슨 의미가 있나 싶다. 이렇게 체험해 봐야 제대로 아는 거지).

4

탄천길을 따라 달리다 사거리에서 신호를 기다리고 있을 때 옆 차선의 차가 방정맞게 경적을 울렸다.

"빵! 빵! 빵! 빵!"

고개를 돌려보니 오 마이 갓! 과외 쌤이었다. 차창 밖으로 얼굴을 내밀고 우리를 향해 악다구니를 친다.

"야! 도다현! 미쳤어? 내려, 내리라구, 당장 내려!"

'하필, 마주칠 게 뭐람?' 나도 놀랐지만 쌤도 심하게 놀란 눈치였다. 별로 흥분하는 스타일이 아니었는데 평상시와 완전 다르다. 나로선 단정하게 인사하기도 안 하기도 어정쩡한 상태라 멀뚱하니 있었는데 이내 신호가 바뀌었고 우리는 오토바이답게 제일 먼저 앞으로 튕겨져 나갔다. '먼저 가요'라는 의미로 손을 뒤로 흔들긴 했다. 그냥 쌩하고 내빼는 걸로 오해할까 봐서다. 우린 지금 토끼는 게 아니라 정당하게 달리는 중이었으니까.

탄천이 끝나는 지점에서 희수는 턴했고, 우리는 잠깐 길에 내렸다. 땅에 발을 딛고 내려서자 신기하게도 좀 전에 내가 누렸던 그 느낌이 다 거짓말 같았다. 허무함 같은 기분에 배가 고플 지경이다. 호박 마차에서 내린 신데렐라도 이런 기분이었을까? 쌤을 마주치지만 않았어도 기분이 이렇게 확 달라지지는 않았을 텐데. 이미 벌어진 일이다. 휴대폰의 진동으로 겉옷이 미친 듯이 들썩이고 있었다. 주머니에 손을 넣으니 오래도록 징징거린 뒤라 휴대폰이 뜨겁다. 보나 마나 수학 쌤일 게 뻔해서 무시하려는데 이번엔 뒤이어 문자가 온다. 문자는 대응을 유보할 수 있으니 편하게 열어 본다.

　— 좋은 말할 때 얼른 와. 엄마가 오시는 거보다 니가 오는 게 낫
　　겠지?

　문자의 내용은 예측한 대로다. 예측했어도 기분은 완전 잡친다. 그래서 아예 휴대폰을 꺼 버리고 가방 속에 처넣어 버린다. 평소에는 콧소리로 '마이 프레셔스'라며 애지중지하는 휴대폰이지만, 이 순간엔 나를 구속하는 첩자에 불과하므로 과감하게 팽개친다. 단호한 자세로 가방의 지퍼를 닫고 아예 등 뒤로 매 버리는 나를 보며 희수가 물었다.
　"당장 오래?"

"어."

"갈라고?"

"원래대로라면 가는 게 정답인데…….”

"인생엔 원래도 없고 정답도 없어."

그러게. 그러고 보니 나도 항상 정답을 찾아 헤맸던 것 같다.

"맞아! 그리고 아까 너가 말한 대로 내 주머니에 선택권이 있다고 생각하니…… 가지 말아야겠다는 생각이 드네."

빈 주머니에 손을 넣고 주먹을 꽉 쥐어 본다. 손톱으로 손바닥을 세게 누르면서 결의를 다진다. '내 선택권을 놓지 않겠어!' 없는 걸 찾아 헤매는 것보다 무언가를 지키겠다는 투지는 사람의 보호 본능을 자극해서 생각보다 강렬하다. 분명 내게 있다고 했으니까. 빈손이 헛헛해서 바닥에서 조그만 돌을 하나 냉큼 주웠다. 뭔가 실체감 있는 걸 갖고 싶었다.

"자! 지금부터 이게 내 선택권이야."

그러자 희수가 씨이익 웃으며 돌을 빼앗아 자기 바지에 열심히 문질러 닦고 다시 내 손에 잘 쥐여 준다. 방금 전보다 더 빛나고 더 소중하고 더 가치 있는 돌이 되었다. 무엇이든 존중받으면 더 빛이 나기 마련이니까. '그래, 이제 이건 더 이상 돌이 아닌 거지' 마음이 뿌듯해졌다. 그래서 우리는 쫄지 않고 '원래'도 '정답 찾기'도 무시한 채, 나의 선택만이 나를 위한 답이란 생각으로 움직였다.

오토바이로 한 블록 더 가서 시장통 입구 길거리의 볶음 순대 포장마차에 앉아 배 터지게 먹었다. 고소한 깻잎 향에 빠삭한 양배추, 부드러운 양파가 잘 어우러지는 맛이 좋았다.

"오~ 떡볶이 없는 순대도 괜찮은데?"

"그치?"

"항상 떡볶이가 주인공 같고 순대는 곁다리로 거드는 조연 같았는데, 순대 선수도 이렇게 주인공이 되나요?"

"하늘 아래 주인공 아닌 게 어디 있어? 자기 시점에선 누구나 주인공이지."

"와우~ 그 말 멋진데?"

"너 이거 처음 먹어 보냐?"

"어. 이래서 다양한 걸 겪어 봐야 한다는 건가 봐."

"순대 먹으며 깨달음도 찾고, 도다! 아주 바람직해~"

"내가 원래 그런 애인데 말이야. 그런데 어른이 애들 상대로 협박하는 건 쫌 아니지 않냐?"

"왜?"

"과외 쌤 말이야. 아까 문자에 좋은 말할 때 오라며 엄마가 오는 거보다 낫지 않느냐고 썼더라구. 그거 협박이잖아. 안 그냐?"

알을 깨는 아이들

"어떤 버튼을 눌러야 작동되는지를 아는 거지."

"그런데 치사한 건, 어차피 엄마한테 이를 거란 거지. 수업 째고 남자애 등 뒤에 매달려서 오토바이 타더란 얘기를 안 하겠어? 입이 근질근질할 텐데……. 어쩜, 그 과외 학부모들도 다 알게 될걸? 아니, 오토바이라뇨! 이러면서……."

희수 앞에서는 나름 호기 있게 과외 쌤의 뒷담을 했지만, 내가 한 말이 곧 현실이 될 거라고 생각하니 마음 저 깊은 곳에서부터 두려움의 싹이 올라온다. 검은 그림자 같은 두려움, 대개의 두려움은 밀어낼 틈도 없이 쓰으윽 하며 다가선다. 그러곤 내 존재를 덥석 먹어 삼킨다. 그걸 알지만 애써 모르는 척하고 다시 희수 등 뒤에 매달려 집 쪽으로 갔다.

오토바이에서 내려 땅에 착지할 때까지 전혀 몰랐는데 희수가 내 눈에서 사라지는 순간, 다시 두려움이 나를 덮치기 시작했다. 나 역시, 마치 주술에서 풀린 기분이 들었고 현타가 제대로 와 폰을 다시 꺼내 보지 않을 수 없었다. 부재중 전화가 20건이나 있다. 과외 쌤과 친구들 몇몇, 엄마에게 온 게 없는 걸로 봐서 다행히 아직 꼰지르기 전인 거 같다. 나도 모르게 안도의 한숨을 쉬었다. 하늘은 이제 푸르뎅뎅해지기 시작했고 거리에 불이 켜지기 시작하는 시간. 난 고개를 돌려 길 건너 쪽을 봤다. 버스에서 내리면 늘 본능적으로 왼쪽으로 고개를 돌린다. '24시간 아라추어탕' 간판에도 불이 들어와 있다. 아라는 동갑내기 내 사촌의 이름이다. 아라추어탕집엔 아라의 엄마 아빠인 외숙모와 외삼촌 그리고 우리 엄마가 일한다. 엄마 표현대로 말하자면 우리 가족의 생계가 달린 곳이다. 생계란 표현은 왠지 너무 절박하게 느껴져서 싫다고 하면 엄마는 더 나가서 꼭 짚어 말한다. '네 과외비와 학원비가 나오는 곳'이라고. 그리고 내가 형편없는 성적표를 가져온 날엔 이렇게도 말한다. 아라추어탕집이 너의 첫 직장이 될 수 있다고. 불이 들어온 추어탕집 간판 아래로 바삐 움직이는 엄마의 모습이 보이는 순간, 나에게 선택권이 있다고 생각했던 게 후회되었다. 아차! 하는 순간, 내가 내 발등을 찍은 거란 자책감도 든다. 이상은 멀고 현실은 코앞에 있는 건데. 난 바로 몸을 틀어 버스 정류장 쪽으로 길을 건너며 과외 쌤에게 전화했다.

5

크게 기대하지는 않았다. 그래도 뭐든 해야 할 것 같아서 왔다. '엄마에게 말하지 말아 달라'가 나의 궁극적인 용건이지만, 일단은 '잘못했다'부터 시작해야 했다. 교무실에 들어갈 때 무조건 고개를 꾸벅이는 게 순서이듯이.

알을 깨는 아이들

"죄송해요."

"뭐가?"

쌤은 언제나처럼 큰 그물을 치고 그 안에 갇힌 포획물의 목을 조르듯이 하나하나 짚기 시작했다. 차라리 단도직입적으로 잘못한 부분을 조목조목 들어 가면서 야단치면 좋으련만. 길고 지루하고 고통스러운 시간이 될 것 같아 오금이 저렸지만, 내 머릿속엔 아라추어탕 간판이 처연하게 떠 있어서 참고 견뎌야 했다.

"도다현, 네 입으로 다 이야기했으면 좋겠어. 솔직하게."

"뭘요?"

"그게 뭐든지……. 네가 켕기는 부분은 다~"

솔직히 켕기는 건 없다. 분명히. 오토바이를 탔단 사실 자체는 죄가 될 수 있겠지만(희수가 무면허일 확률이 높으니까), 과외 쌤에게 죄 될 일 한 건 없다. 우리 엄마야 '위험하게 그게 뭐냐?', '볼썽사납게 남자애 뒤에 매달려 뭐 하는 짓이냐?'는 등 이럴 수 있지만, 수업 시간 중간에 뛰쳐나가 탄 것도 아니고 선생님이 안 와서 나간 건데 뭐가 어쨌다고? '없는데요?'라고 하고 싶었지만, 불손함은 화를 부를 테니 조심스럽게 말을 이었다.

"수업에 빠진 거…… 오토바이 탄 거."

"과연 그게 전부일까?"

쌤은 훑듯이 바라본다. 이유 없이, 아니 이유가 없진 않지만 이렇게 죄인 취급당하는 게 화가 난다.

"휴대폰 내놔!"

수업 도중도 아닌데 남의 휴대폰을 일방적으로 갈취하듯이 달라는 건 옳지 못한 일이다. 선생님 아니라 그 누구라 해도. 난 차분하게 말했다.

"그냥, 궁금하신 거 물어보세요."

"여기서 네가 걔를 불러들인 거지?"

"네."

"왜?"

"걘…… 친구라…….."

"그 양아치랑 친구야? 사귀니?"

그럴 줄 알았다. 눈에 보이는 게 전부라고 생각하는 어른이 많다. 언젠가 엄마도 그랬다. 우리 식당에 추어탕 사러 심부름 온 곽하나를 보고 저런 애랑 절대 놀지 말라고 일침을 놓았다. 머리 염색에 교복 치마 줄여 입고 발목 아래 타투까지 했다는 이유만으로. 말도 안 섞어 본 채 그냥 주방 안에서 보기만 해 놓고 말이다. '딱 보면 다 보인다'며 혀를 찼다. 그러면서 사람은 살아온 게 몸에 차곡차곡 쌓이고 누적되어서 급기야는 얼굴에까지 다 드러난다나? 옆에서 외숙모도 말을 보탰다. 어른 말 들으라며, 괜히 어른인 줄 아냐며 탄탄대로로만 가도 살기 힘든 세상인데, 저런 애랑 놀다 보면 너 인생 꼬인다며 조심하라고 했다. 정말 입이 안 다물어지는 전개였다.

"하나가 패션디자이너가 꿈이라 좀 튀는 편이야……."

"디자이너는 개뿔? 공부는 죽어도 하기 싫고 머리 비고 멋내기 좋아하는 애들이 들먹이는 직업이 디자이너 아니냐?"

문과는 로스쿨, 이과는 의대만 최고로 치는 평상시 두 분의 뻔한 속내가 보여 진짜 얼척없었다. 속이 뒤틀렸다. '쟤네 엄마도 식당집 딸이랑 놀지 말라고 할걸?' 이런 말로 찬물을 확! 뿌리고 싶었지만, 꾸욱 참았다. 말로 뱉어 놓고 나면 엄마나 외숙모는 물론 나까지 자존심 상할 거 같아서다(두 분의 저런 말은 정말 싫지만, 우리 집이 식당인 게 싫은 것도 나의 솔직한 심정이다). 물론 살아온 게 사람 얼굴에 드러난다는 말은 일리가 있다. 하지만 그건 어른의 경우이고, 아직 한참 자라나는 우리는 이렇게 저렇게 모양 변화를 치르고 있는 중이니까. 속단하면 안 된다고 생각한다. 오늘의 희수처럼 힘을 내기 위해서 특이한 차림을 하기도 하니까. 하지만 어른들은 그걸 못 참는다. 눈에 보이는 걸로 가늠한다. 그중에서도 어른들이 제일 신뢰하는 게 성적이다.

"그 친구 양아치 아닌데요?"

솔직히 희수는 공부를 잘한다. 성적이 모범생을 가늠하는 기준이라면 걘 확실한 모범생이다. 전교 순위에서 성적이 오르내리는 애니까. 이 대목에서 KMC 은상 수상 경력을 말하면, 이야기는 간단하게 마무리될지도 모른다. 하지만 그러고 싶지 않다. 너무 유치한 대응이다. 수준 떨어지고 싶지 않다.

"문제는 주인도 없는 이 집에서 하필이면 개를 왜? 불러들였냐는 거지."

"네?"

설마…… 하는 맘에 되물었다.

"방에 들어갔었니?"

"아니요."

펄쩍 뛰었다. 대체 뭔 소리람?

"안방에도?"

더 이상 대꾸하고 싶지 않았다.

"너…… 내 전화 왜 안 받은 건데? 여기 안 들어온 척하려고?"

"그게 아니라……."

"안방 문이 열려 있더라고. 아무래도 엄마가 아시는 게 나을 거 같다."

알을 깨는 아이들

난 기가 막혀서 핏대를 세우며 소리쳤다.

"우리 금방 나갔고, 걔 양아치 아니라고요. 대체 뭘 상상하시는 거예요?"

"상상이 아니라, 사실에 근거해서 있을 법한 일을 알리는 게, 그게 어른의 일이야."

'그러게요, 그런 불순한 상상은 어른만 한다니까요?'라고, 아니 '뭐 눈엔 뭐만 보이냐?'고 원색적으로 따지고 싶었지만, 우회적으로 말했다. 뭐, 어차피 어른 앞에서 우린 약자니까.

"선생님, 걔요, 진짜 모범생이라니까요?"

"다현, 그게 중요한 게 아니야."

피! 거짓말. 사실은 그게 제일 중요한 거면서⋯⋯. 희수가 불량해 보이지 않았다면 오토바이를 안 탔다면 저렇게 막 나가는 의심은 하지 않았으리라. 마침내 내 앞에서 엄마에게 전화했지만 엄마가 한창 바쁠 시간이라 받지 않아서, 결국 나왔다. 다리에 힘이 풀려 간신히 걸었다.

6

가게로 들어서기가 무섭게 엄마는 나를 잡아끌고 주방 쪽으로 들어가더니 다짜고짜 등짝을 팼다. 고새 쌤과 통화했을 거다. '그게 아니라'라고 말하려는데, 엄마가 입 다물라고 한다. "창피한 줄 알아야지. 뭐 좋은 이야기라고!" 아마 옆에 아라 엄마인 외숙모가 있어서 그랬으리라. 아라가 공부 잘하는 애들이 가는 기숙형 특목고로 간 뒤로 엄마는 항상 그런 식으로 의식한다. 아니, 그게 아니라고 해도 어차피 엄마는 내 이야기를 안 듣는다. 평상시의 엄마는 바빠서 귀가 닫혀 있고 이렇게 화났을 땐 엄마를 화나게 한 대가를 치르라는 차원에서 또 내 이야기를 안 듣는다. 그러곤 다짜고짜 지갑을 들고는 내 손을 잡고 과외 쌤한테 가잔다.

"아, 또! 뭐 하러! 통화했다면서."

툴툴대도 엄마는 대꾸 없이 막무가내로 나를 밀었다. 한갓진 마을버스에 나란히 앉았어도 엄마는 내 말을 들어 볼 생각조차 없다. 내 옆에서 인상을 한껏 구긴 채, 씩씩거리며 정신없이 식당 배달 후기에 댓글을 다느라 바쁘다. 엄마 손가락이 폰 위에서 언제나처럼 춤을 춘다. 그 모습을 보는데 눈물이 났다. 분하고 억울한 마음 외에 복잡한 마음이 들어서다. 엄마는 훌쩍이는 나를 보더니 한마디 한다.

"울 일을 왜 만들어? 너, 바보야?"

"억울하다구!"

엄마는 역시 들을 귀가 없다. 사람이 억울하다는데 '뭐가 억울하냐?' 정도는 물어 봐야 같은 나라 사람 아닌가? 내가 외국어를 한 것도 아닌데……. 엄마한테 서운했지만 여전히 손가락 춤으로 바쁜 엄마에게 차마 더 따지고 들 염치가 없었다.

"뭘 또 가냐구! 학교도 아니구만……. 반성문이라도 쓰라는 거야?"

나의 낮은 투덜거림에 엄마도 혼잣말하듯 투덜댄다.

"으휴, 간신히 머리통 비집고 들어간 과외구만……. 복을 발로 차요."

애초부터 이 수학 과외는 내가 안 하겠다고 했었다. 기존에 하는 애들과의 수준 차이로 몇 달은 나 혼자 해야 하고 그렇게 되면 과외비가 너무 비쌌다. 그리고 무엇보다도 난 이 과로 대학에 갈 자신이 도저히 없어서 더더욱 안 하고 싶었다. 그랬는데도 엄마가 기를 쓰고 아라 친구 엄마한테 부탁해서 과외 시간을 받았다. 그때부터 엄마의 18번 노랫가락이 시작되었다. 간신히 얻은 자리를 왜 싫다는 거냐며 배부른 투정하지 말라고 나에게 화를 냈고, 내가 마지못해 다니기 시작하면서부터는 비싼 과외비 값을 못 한다고 또 화를 냈다.

과외에 늦으면 '분당 얼마짜리 수업인데 늦느냐!'라며 혼났고, 생리통 때문에 다음으로 미뤘다고 하면 '그 과외 대기자가 얼마나 많은데 네 맘대로 미루느냐!'라고 또 혼났다. 그 비싼 과외를 시작한 뒤론 엄마가 나를 혼내지 않아도 난 항상 혼나는 기분으로 살아야 했다. 엄마가 몸살이 나도 나 때문인 것 같고, 엄마가 졸린 눈을 간신히 뜨면서 배달 댓글 톡을 쓰는 걸 봐도 나 때문인 거 같고, 아빠가 돌아가신지 그렇게 오래되었어도 엄마가 재혼을 생각조차 못 하는 것도 나 때문인 것 같고, 이것저것 엄마의 삶에 걸쳐진 그늘은 온통 나 때문인 것 같아 마음이 불편했다.

그러니 난 의대가 아니면 약대라도 그게 아니면 공대에라도 가야 한다. 그래야 엄마에 대한 죄책감을 상쇄할 수 있다는 마음으로 수학 과외에 다녔다. 이과 수학이 너무 어려워서 토가 나올 지경이어도 그래서 이 길이 내 길이 아닌 게 분명한 거 같아도 달렸다. 안 될 거 뻔히 아는데도 이 과외를 다닌다는 이유만으로도 명문대의 반열에 선 것 같다는 착각이 때론 위로가 되어서 달렸다. 여기라도 다녀야 엄마가 아라 엄마에게 기죽지 않을 것 같았고, 나 역시 아이들에게 뽀대가 났으니까.

실제로 우리 반 반장 미주가 눈을 동그랗게 뜨고 '너 거기 다녀?' 할 때 기분이 괜찮았다. 그래서 달렸다. 토끼인 것처럼. 토끼여야 한다는 마음으로. 결정적인 이유는 이 길이 아

알을 깨는 아이들

니면 그리고 내가 토끼가 아니면 빚을 갚을 수 없을 것 같아서. 아라가 방학 때 집에 와서 모의고사 성적표를 들고 설레 발칠 때, 그 모습을 보면서 부러워하는 엄마를 보며 난 또다시 토끼여야 함을 다짐했었다. 가끔 낮잠을 자기는 했어도 깨면 또 뛰었다.

그렇게 애썼는데 하필 이런 일로 엄마와 과외 쌤의 집까지 가게 되다니.

7

쌤이 공동현관문을 열어 줘서 올라갈 때 엄마가 엘베 안에서 나에게 으름장을 놓았다.

"너 개기지 마!"

유난히 희번덕거리는 엄마 눈의 흰자가 공포스러웠지만, 억울한 맘이 극도로 치솟아 참을 수 없었다.

"씨, 어쨌다고 오래? 쌤이 늦어서 나간건데……. 왜 날 잡아? 사람이 오토바이도 못 타?"

"그만! 그만! 됐고! 이유 여하를 막론하고 낮은 자세, 알았지?"

엄마의 말을 듣는 순간 약간 황당했다. '뭐지?' 이유 여하를 막론하고는 이유는 중요하지 않다는 말이다.

"아이고, 선생님, 죄송합니다."

엄마는 쌤의 집에 들어서자마자 허리부터 폴더폰처럼 접은 낮은 자세의 진수를 보여 줬다. 머리가 띵 할 정도로 당황스러웠다. 엄마는 매사 돌직구 스타일이다. 심지어 가게에 오는 손님들한테도 할 말 다 한다. 물론 기본적으론 친절하고 포장 후기용 댓글도 최대한 싹싹하게 달지만, 어이없이 갑질한다거나 상식에 벗어나는 사람에게는 그야말로 얄짤 없이 대거리한다. "오지 말라 그래, 그딴 인간 안 와도 우리 안 굶어." 외숙모와 외삼촌은 늘 그게 불만이었다. 그런데 그런 엄마의 느닷없는 비굴 모드라니. 사회인으로서 예우를 갖추는 차원의 공손이 아니다. 절대 비굴에 가깝다. 애 맡겨놓고 인사도 없었다는 둥, 집이 너무너무 좋다는 이야기, 인테리어가 예사롭지 않다는 데 이어 급기야는 과외 쌤 외모 예찬까지도 곁들인다. '딸랑딸랑' 종소리가 하염없이 울리자, 쌤도 기분이 나쁘진 않은 눈치다.

"아니, 제가 알아보니 어머님 말씀대로 그 희수라는 학생이 여기 102동 35층에 살더라구요. 아유! 전 배달하는 애인가 했는데, 공부도 곧잘 하고 아, 오토바이 원동기 면허도 있다네요. 부모님이 보험도 들어 줬다니……. 걱정은 안 하셔도……."

알을 깨는 아이들

속으로 난 주억거렸다. '걱정한 사람은 없었고 의심한 사람만 있었죠' 이럴 줄 알았다. 곧잘 하는 공부가 다 해결할 거란 걸. 이후로도 두 분은 잠시 안 해도 아무 상관 없을 그런 내용으로 서로 호의를 주고받더니만 급기야 결론처럼 엄마가 말했다.

"그럼, 다현인 다음 달부터 애들하고 합반하는 건가요?"

사실 그 대답은 내가 할 수 있다. '택도 없습니다' 뱁새가 황새 따라가면 가랑이가 찢어진다는 말을 처절하게 실감 중인데, 왜 난 엄마에게 헛된 희망을 안겨 줘서 여기까지 와서 저런 질문을 하게 했을까 하는 자괴감으로 너무너무 아팠다. 뼈저린 현타.

"아니, 다현이가 아직 부족해서……."

헌데 엄마는 실망하는 기색 하나 없이 급 빵긋 웃으며

"아, 그렇군요. 그럼, 선생님. 우리 다현이 좀 더 부탁드릴게요."

"아, 네."

난 깨달았다. 엄마가 '이유 여하를 막론하고 낮은 자세'를 하라던 이유를. 내가 잘못한 게 있건 없건 상관없이, 엄마는 이 일로 내가 과외에서 잘릴까 봐 식겁했던 거다.

그때였다, 엄마 휴대폰에서 '요기요!' 소리가 연거푸 울리기 시작했다. 주문 오는 소리다. 엄마가 개발한 신메뉴 추어튀김양념무침이 안줏거리로 인기를 얻으면서 밤이 되면 주문이 발작처럼 오기 시작한다.

'요기요기요기요기요……'

방정맞게 울리는 소리에 엄마는 무음으로 죽여 보려고 허겁지겁 휴대폰을 만지려는데, 쌤이 말했다.

"어머님은 바쁘실 테니 가 보시고, 다현인 기왕 온 김에 오늘 기출문제 뽑아 놓은 거 풀고 갈게요."

"아~~~. 네네네네네."

세상을 다 가진 듯이 환하게 웃는 엄마, 또다시 폴더폰 인사를 하고는 먼저 나갔다.

8

서재 방 낮은 책상 위에 문제지를 동그마니 올려놓고 나가 버린 쌤. 문제와 내가 마주 앉아 맞짱 뜨는 고독한 시간을 또 맞았다. 얼핏 기출문제들을 보니 역시, 예상대로 적수가 안 되는 선수가 출전 중이다. 해비급 대 라이트급이랄까? 그동안엔 수학 쫌 하는 척을 하려고 미리 답지도 보고 또 이 과외 다니는 애한테 문제도 미리 받았었다.

난 펜을 굴리는 대신 머리를 굴리기 시작했다. 엄마에게 안겨 준 헛된 희망을 거둬야 한다는 사명감으로. 엄마가 더 이상 비굴에 발목 잡히지 않게 해야 한다. 난 지금 문제를 풀 것이 아니라. 내 삶의 목차를 들여다봐야 하는 시간이다.

난 의사나 약사나 그 무엇도 되고 싶지 않다. 돈이 된다니, 남들이 좋다고 하니 현실이 그걸 해야 잘 먹고 우쭐하면서 살 수 있다고 하니, 그리고 무엇보다 엄마가 좋아하니 하는 척, 토끼처럼 뛰었다. 하지만 가고 싶은 곳도 없고 어디로 가야 할지도 모르는 토끼가 타고난 뒷다리 근육만 믿고 팔짝팔짝 좌충우돌 뛰는 건 완전 오버란 생각이 들었다. 오버 정도가 아니라 동서남북도 모르고 뛰는 토끼는 온전한 달리기를 할 리가 없다. 허세로 뛰다 절벽에 떨어질 수도 있고, 허공에 헛손질 날리는 권투 선수처럼 쓸데없는 기운만 빼서 지쳐 나가떨어질지도 모른다.

그래, 그건 엄마를 배신하는 행동이다. 절벽 아래서 떨어져 죽은 토끼를 앞에 두고 우는 엄마를 상상하니 괜히 눈물도 난다. 맞다. 언젠가 엄마에게 소원이 뭐냐고 물으니까 내가 행복한 삶을 사는 거라고 했다. 그렇다면 내가 행복해져야 한다. 허세 부리다 떨어져 죽는 토끼 말고 내가 가고 싶고 하고 싶은 일을 향해 따박따박 단정하게 뛰는 토끼가 되어야 한다. 지금 당장은 '미쳤냐! 그 과외에 어떻게 머리를 디밀었는데…….' 이런 소리로 욕을 먹겠지만, 이겨 내야 한다. 욕먹기를 두려워하지 말고 희수처럼 그렇게 힘을 내야 하는 거다.

집에 가려고 폰을 주머니에 넣다 내 손에 잡힌 돌을 꺼냈다. 이름하여 나의 선택권. 단단하고 실한 나의 선택권. 그걸 쥐고 있는 한 난 힘을 낼 수 있을 것 같았다. 희수 말대로 하늘 아래 주인공이 아닌 사람은 아무도 없다고 했으니까. 난 나에게 힘을 주기 위해 주문처럼 중얼거리기 시작했다.

"어묵도 주인공, 떡볶이도 주인공. 순대도 주인공, 도다현도 주인공."

이렇게 혼자 중얼중얼거리며 현관을 천천히 아주 천천히 통과했다. 안쪽 파우더룸에서 로션을 바르던 쌤이 나를 보고 소리치신다.

"뭐야, 도다현 너 벌써 다 푼 거라고?"

난 고개를 숙여 폴더폰 인사를 했다. 마지막 인사가 될 테니 최대한 예의 바르게.

"시험지에 다 썼어요. 안녕히 계세요."

쌤은 못 믿겠다는 듯이 "야야, 기다려 봐." 소리쳤지만 난 그냥 나왔다. 엘베에 들어가 문을 닫으려는데 뒤따라 나온 쌤이 신발도 채 못 꿴 채 문을 한쪽 손으로 잡고 소리쳤다.

"야, 너 도망치는 거야?"

"아니요. 전 토끼지 않습니다."

그렇게 엘베 문이 닫혔다. 내 인생의 한 막이 닫히는 순간이다. 희수가 주술에 걸렸다가 풀린 기분이란 게 뭔지 실감이 난다. 내 손엔 작지만, 단단한 돌이 쥐어져 있다. 새는 알을 깨고 나온다니…….

난 토끼지 않고 천천히 내 보폭대로 밤거리로 걸어 나온다. 아주 선명한 달이 저 위에 떠 있다. 저렇게 선명한 달은 처음 보는 기분이다.

'알을 깨는 아이들'이란 주제를 놓고, 구체적인 직업군 안에서 자신의 꿈을 이뤄 내고자 하는 모습을 그려 보려다 문득 아무 생각 없이 이 사회가 추구하는 가치나 혹은 주변의 기대에 몰려 한 방향으로 경주마처럼 뛰어가는 아이들의 모습이 떠올랐다.

내가 할 수 있는 일, 하고 싶은 일을 찾기보다는 주변에서 좋다고 하는 일, 그야말로 물질적인 성취도가 높은 일을 최선으로 아는 게 우리의 현실이다. 그러다 보니 그들은 '닥치고 공부'를 강요받고 그게 나의 꿈에 다가가는 일로 잘못 알게 된다.

성적이란 틀에 자신의 꿈을 꿰맞추는 잘못된 공식대로 마구잡이로 뛰다 보면 우리는 어느 날 원치 않는 곳에 가 있는 자신을 발견하게 될 수 있다. 왜냐하면 우리 모두의 꿈은 하나일 수 없기 때문이다.

당연하게도, 우리 모두는 각자의 방식으로 빛나게 되어 있다. 그러니 무조건 달리지 말고 멈춰 서서 먼저 '의식의 알'을 깨어 봐야 할 것이다. 알을 깬다는 것, 그건 나를 아는 일이고 사고가 전환되면 비로소 나의 행동도 달라질 것이다.

그런 의미에서 주변 사람들의 기대에 밀려 토끼처럼 도망

치듯 뛰었지만, 이젠 마이 페이스(pace)로 가겠다는 의지로 '토끼지 않습니다!'라고 외치는 다현이의 앞날에 박수를 보낸다. 우리, 끌려가지 말자!

꿈의 등급

황유미

《피구왕 서영》으로 작품 활동을 시작했다. 지은 책으로 소설집 《오늘도 세계평화를 찾아 주셔서 감사합니다》 등이 있고, 앤솔러지 《극복하고 싶지 않아》,《문밖에 누군가가》 등에 참여했다. 말수 적고 수줍음 많은 사람들의 친구 같은 글을 쓰고 싶다.

1

벌컥 문이 열리는 소리에 신경이 곤두섰다.

"지소율. 언제 잘 거야? 내일 학교 어떻게 가려고."

또, 또, 그만하고 자라는 소리.

매일 밤 학교에 가야 하니 그만하라는 소리를 들으면 짜증부터 왈칵 올라온다. 지금 학교에 가는 것보다 더 중요한 일을 하고 있다고. 좋은 직업 찾아서 돈 많이 벌기 위해 공부도 하는 거라면서 왜 돈 버는 일을 방해하는지 몰라.

"이것만 하고. 오늘 상품 등록은 끝내야 한단 말이야."

"그럼, 5분만. 벌써 12시 넘었어. 요즘에 매일 언니보다 늦게 자잖아."

고등학교 2학년보다 바쁜 중학교 2학년이 그렇게 이상한가? 엄마는 고등학생인 언니보다 내가 앞서 나가는 게 하나라도 있으면 이상하게 생각하며 제동을 건다. 심지어 그게 수면 시간이라고 해도. 언니가 시험 기간에 졸음을 쫓는 데 특효약이라고 소문이 난 고체 향수를 사고 싶다고 할 때는 가격도 물어보지 않고 바로 사 주겠다고 했으면서. 잠을 줄여 가며 일하느라 바쁜 내 사정은 좀처럼 봐주질 않는다. 언니 공부하는 데 방해된다고 현관문도 살살 닫으라고 말하던 엄마는 이제 매일 밤 내 방문을 벌컥 열고 들어와서 일을 방해한다.

"5분? 안 돼. 30분은 걸려. 그리고 자라는 얘기 좀 그만해! 나 지금 바쁘다고."

버럭 소리를 지르고 나서 나조차 깜짝 놀랐다. 집에서 언제나 툴툴대며 예민하게 구는 건 언니 담당이었으니까. 공부하느라 예민해도 괜찮고, 공부하느라 바빠서 신경질을 내도 괜찮고, 힘들어서 손 하나 까딱하지 않아도 1등급인 성적표만 가지고 오면 다 용서가 되는 사람. 언니가 무슨 짓을 해도 용서받는 이유는 하나다. 공부해서 좋은 대학에 가야 하니까.

반면 나는 투명 인간이었다. 점심시간에 배식할 때마다 맨

끝에 서서 내 몫으로 남은 것만 가져가야 하는 사람. 모의고
사를 앞두면 집 안에서 숨소리도 크게 내지 말라고 윽박지르
는 언니의 갑질을 더러운 똥 바라보듯 속으로만 욕하며 숨을
죽이는 착한 동생. 나한테 허락된 몫은 딱 거기까지였다. 내
가 사장님이 되기 전까지는.

"아니~ 엄마가 방해하려는 게 아니라, 소율이 건강이 걱정
돼서 그렇지. 내일 아침에 식빵에 달걀물 입혀서 프렌치토스
트 구워 줄게. 아침은 먹어야 하니까 너무 늦지 않게 마무리
하고 자자, 알았지? 우리 지 대표님은 마저 일 보세요."

콧소리까지 섞어 가며 나를 달래는 엄마의 행동과 말투가
조금은 비굴하게까지 느껴졌다. 내 주위를 서성이며 어깨를
살짝 주무르기도 하고, 내 표정을 살피는 엄마의 행동에 닭
살이 돋았다. 누군가 내 눈치를 살피며 심기를 거스르지 않
으려 노력하는 상황이 어색해서다. 갑자기 내 방이 초고층
건물 꼭대기 층에 있는 회장님 방이라도 된 것 같아 아찔하
게 울렁거렸다.

투명 인간에서 지 대표로, 신분 상승한 지 다섯 달이 다 되
어 간다. '마이월드'라는 플랫폼에서 재미 삼아 만든 아이템
을 팔기 시작했는데 그게 돈이 될 줄은 몰랐다.

아이템 팔아서 용돈을 벌어 보겠다는 내 말에 처음엔 시큰

둥하던 엄마랑 아빠는 이제 매월 20일, 마이월드 크리에이터 정산일을 목이 빠져라 기다릴 정도로 관심이 많다. '이번 달에는 얼마야?' 금액을 말하면 기쁨을 감추지 못한다. 어릴 때 읽은 동화처럼, 내가 황금알을 낳는 거위라도 된 것만 같다. 정산일 다음 날이면 식탁 위에 놓인 반찬도 내가 좋아하는 것들 위주로만 채워졌다.

처음엔 '네 용돈이라도 벌면 다행이지'라며 은근히 무시하던 언니도 어느 날 내가 벌어들인 금액이 얼마인지 듣더니 나를 보는 눈빛이 달라졌다. "너도 하고 싶은 게 있긴 있었구나." 그런 말을 툭 던지고 가는 언니는 여전히 재수가 없었지만 아무래도 상관없다는 생각이었다. 언니가 공부 좀 한다고 유세를 떨었다면 나에게는 이제 돈이라는 무기가 있으니까.

"참, 엄마 내일 예린이 엄마 만나기로 했는데. 근데 예린이가 요즘에 통 안 보이는 거 같다?"

문을 닫고 나가려던 엄마가 예린이 얘기를 꺼내는 순간, 나는 갑자기 체기를 느낀 사람처럼 속이 불편해졌다.

"예린 엄마도 네 얼굴 본 지 한참은 됐다던데. 너 혹시 예린이랑 무슨 일 있니?"

"아, 몰라. 나 바빠. 엄마 때문에 벌써 20분이나 낭비해서 시간 없어."

나는 엄마를 문밖으로 떠밀고 황급히 방문을 닫았다.

2

　마이월드가 유행하기 시작할 때만 해도 나는 관심이 없었다. 인스타그램, 틱톡, 제페토나 본디, 비리얼 같은 새로운 서비스가 생길 때마다 가입해서 해 보는 예린이 같은 애랑 다르게 나는 애들이 다 가입하고 나면 그제야 슬그머니 따라가는 식이었다. 어느 날 옆자리에서 끙끙대며 고민이 많아 보이던 예린이가 하필 마이월드 아바타를 설정하는 중이었고, 보기에 답답해서 아바타를 대신 꾸며 준 게 시작이었다.

　"이상하네. 너, 좀 다르다."

　"뭐가?"

　"몰라. 뭐라고 설명은 못 하겠고. 아무튼 네가 만지니까 느낌이 생기는 거 같아. 내가 만지면 구리기만 한데."

　"그런가? 그냥 인형 옷 입히기랑 비슷한 거 같은데. 조합이 중요한 거 같긴 해. 줘 봐."

　그대로 예린이 휴대폰을 빼앗아서 아바타의 체형과 피부색, 머리카락부터 눈동자 색깔까지 재설정해 주고 어울릴 법한 몇 가지 착장을 구상해 머리부터 발끝까지 세트로 만들어서 아이템 보관함에 저장해 두었다. 인형의 집처럼 꾸며진

방 안. 옷장 속은 내가 선택한 아이템으로만 가득 채워졌다. 아기자기하고 귀여운 걸 좋아하는 예린이 취향에 맞춰 꾸민 캐릭터가 화면 속에서 우리 둘을 향해 연신 손을 흔들며 "안녕!" 하고 인사하는 것 같았다. 옆에 있던 예린이의 두 눈이 동그랗게 변해 있었다.

"오, 너 진짜 소질 있는 거 같은데? 그러지 말고 너도 만들어 봐 봐."

이번엔 예린이가 내 휴대폰을 빼앗아 계정을 만들어 버렸고, 그렇게 나는 예린이와 함께 나란히 마이월드에 입성했다.

"봐 봐, 소율이가 꾸미면 확실히 다르다니까?"

예린이는 내가 손을 대면 밋밋하고 재미없던 아바타도 환골탈태할 수 있다며 매일 내 손재주와 안목을 칭찬했다. 얼마 지나지 않아 쉬는 시간마다 내 자리는 학교 앞 분식집처럼 복잡해졌다. 아바타 꾸미기를 맡기려는 아이들이 모여들어서 나중에는 예약받아야 할 정도였다.

"너 이럴 게 아니라 아이템 판매도 해 보는 건 어때?"

아바타를 여러 번 꾸미다 보니 기본으로 제공되는 아이템만으로는 부족했다. 아이템 제작 도구로 새로 만든 것이 쌓였는데 아이템 크리에이터로 등록하기만 하면 그걸 마이월드에서 팔 수도 있다고 말해 준 사람도 예린이었다.

알을 깨는 아이들

크리에이터로 등록하고 아이템 상점에 입점하는 절차는 어려울 게 없었다. 친구들 아바타를 꾸밀 때처럼 세트로 아이템을 구성해 상점에 등록하고, 스타일마다 추구하는 느낌을 짧게 표현한 태그를 붙여 분류했다. 아바타를 꾸미면서 새로운 착장이 생각날 때마다 편집 도구를 활용해 추가했다. 그리고 끝. 그게 다였다. 상품 등록이란 걸 했다는 사실조차 까맣게 잊고 있던 어느 날이었다.

"어? 이거 네가 제작한 수트잖아."

옆에서 호들갑을 떠는 예린이가 휴대폰을 내밀었다. 마이월드 실시간 아이템 구매 순위 1위에 내 아이템이 올라와 있었다.

내가 1등을 했다고? 실시간 1위, 굵은 글씨로 적힌 'TOP'이라는 알파벳. 다이아몬드가 박힌 왕관 모양의 배지까지.

그 모든 요소가 내 발밑을 감싸며 구름을 만들어 저 높이, 꼭대기까지 나를 데리고 올라가는 것처럼 찌릿했다. 살면서 '1등'이란 말은 처음 들어 봤다. 왕관을 쓰기 위해 태어난 사람은 따로 있다고 생각했었다. 그런데 마이월드가 "너도 할 수 있다."라고 말하는 것 같았다. 아, 이래서 언니가 기를 쓰고 공부만 하는 건가? 유난이라고 생각하던 언니의 일상이 처음으로 이해되는 순간이었다.

한 문제만 실수해도 1등에서 내려와야 하는 공부와 다른 점이 있다면 아이템 판매 순위 1등이 되면 그때부터는 구매가 점점 늘어나기만 한다는 거였다. 내가 등록한 다른 아이템까지 추천 아이템으로 올라갔다. 스크롤을 내리거나 오른쪽으로 스와이프해서 페이지를 넘기지 않아도 되는 곳에 내 아이템이 보인다는 건 엄청난 특권이었다. 벚꽃 피는 계절이면 곳곳에서 흘러나와 가요에 관심이 없던 사람도 그 제목을 알게 되는 '벚꽃 엔딩'처럼.

매출은 연일 고공 행진이었다. 가끔 아빠가 저녁에 취해서 들어올 때마다 침을 튀기면서 말하던 '떡상의 기운'이니 '상한가'니 하는 말은 대충 이럴 때 쓰는 말이 아닐까. 나는 곧 가파른 언덕을 올라가는 일개미처럼 눈코 뜰 새 없이 바빠졌다. 학교에서도, 집에서도 모두 나를 '지 대표'라 부르기 시작했다.

"우리 지 대표, 곧 건물 올리는 거 아니야?"

"건물 올리면 나 거기에서 카페 하게 자리 좀."

내가 건물주가 되면 그곳에서 장사하고 싶다며 벌써 창업 아이디어까지 줄줄 얘기하는 친구도 있었고, '수능이 끝나자마자 면허를 따면 BMW 미니를 사'라는 애도 있었다. 건물이나 차 같은 건 관심도 없었지만, 그런 말을 들으니 벌써 건물도, BMW 미니도 다 내 것인 것 같았다. 다들 너라면 할 수 있다고, 좋은 차나 건물쯤은 마땅히 받을 만하다고 말하니 없던 소유욕도 생겨났다.

"지 대표, 나중에 건물 올리면 1층에는 귀여운 열쇠고리나 인형 같은 소품 많이 파는 편집 숍도 부탁해요~ 매일 놀러 가서 구경하게."

"오케이. 1층은 박예린 취향으로 채운다."

우리 둘은 5층짜리 건물의 상상도를 그려 보기도 했다.

시험을 망쳐서 우울하다는 언니에게는 지금부터 뭔가 팔아 볼 수 있는 걸 찾아 나중에 내 건물에서 장사해 봐도 된다고 말했다. 언니는 방학 때 가끔 오븐 없이도 브라우니나 케이크 같은 걸 맛있게 잘 구워 줬는데, 그런 디저트를 더 많은 사람이 먹을 수 있도록 만들어 팔아도 좋을 것 같다고. 그런데 내 말을 들은 언니의 반응이 뜻밖이었다.

"내 앞가림은 내가 알아서 해. 넌 왜 내가 필요하다고 하지도 않은 상가 자리를 내어 주겠다고 선심 쓰는 척 얘기하는 거야? 너 좀 이상하다?"

그렇게 말하는 언니의 표정에는 불쾌함이 역력했다. 내 일은 내가 알아서 한다며 단칼에 선 긋는 태도도 충격인 데다가 순식간에 나를 선심 쓰는 척하면서 남의 인생에 주제넘게 참견하는 사람으로 몰아가는 발언은 억울하기까지 했다. 내가 이상하다고? 나는 그저 언니한테 더 나은 선택지도 있다고 말한 건데, 내가 나쁜 거야?

"지금 내 꿈은 공부고, 너만큼이나 나도 내 꿈에 진심이야."

그렇게 말하는 언니의 표정이 너무 간절해 보여서, '진심'이라고 말하는 순간 지은 표정이 너무나 절박해서, 무어라 반박하지도 못하고 입을 다물고 말았다.

'내 꿈을 무시하고 모욕하지 마!'

절박한 언니의 두 눈은 분명 그렇게 외치고 있었다.

네 꿈과 내 꿈, 열심히 공부해서 대학에 가는 것과 잘하는 일로 일찌감치 돈을 버는 것. 그 사이에서 저울질하며 무게를 달았던 게 사실이다. 대학에 가겠다는 언니와 일해서 돈을 벌겠다는 내 꿈의 무게를 재고 비교하고 있었다. 그리고 무게의 추는 '나의 꿈' 쪽으로만 하염없이 기울어졌다.

어차피 공부한 뒤에 직업을 가져서 돈을 버는 게 목표라면, 하루라도 빨리 버는 게 현명한 거 아닌가? 나는 그저 언니가 헤매는 시간을 단축해 주고 싶었을 뿐인데 다른 사람의 진심을 짓밟은 사람이 되어 있었다. 유치한 생각이지만 첫 크리에이터 수익을 정산받았을 때 레스토랑에 가서 엄마, 아빠, 언니랑 다 같이 먹었던 스테이크 값까지 아까워졌다. 내가 번 돈으로 누릴 수 있는 게 생길 때마다 언니도 같이 좋아했으면서. 하고 싶은 것도 없고, 잘하는 것도 없다며 깔보던 언니의 시선이 달라진 것도 내 꿈 때문이지 않나.

내 호의를 간단히 짓밟은 언니한테 화가 났다. 내가 옳았다는 걸 증명하고 싶어졌다. 공부해서 대학에 가는 것보다 돈을 벌 때 할 수 있는 게 더 많다는 걸 보여 주고 싶었다. 지금처럼 계속 돈을 벌어들이기만 해도 모두 내가 옳았다는 사실을 인정할 수밖에 없을 거라고 생각했다. 그때는 마이월드가 문을 닫지 않는 한, 내가 크리에이터 일을 포기하지 않는 한 내 꿈은 계속될 거라고 철석같이 믿었다.

3

그 사이에 마이월드 정책이 크게 바뀌었다. 친구 수, 활동 빈도수, 대화 온도, 매력지수를 평가해 점수에 따라 아바타의 계급이 정해지고 계급에 따라 접근 가능한 구역과 아이템도 나뉘었다.

상위 4% 안에 드는 아바타들만 다이아몬드 배지를 받을 수 있었다. 다이아몬드 배지를 받은 아바타들은 마이월드 속에서 가지 못할 곳도, 하지 못할 것도 없는 전지전능한 신 같은 위치에 올랐다. 교실에서도 마이월드를 하는 애들끼리는 서로 아바타 등급을 비교하거나 등급을 올리기 위한 방법을 주고받느라 바빴다. 다이아몬드를 차지하기 위한 경쟁이 치열해질수록 내 자리도 분주해졌다.

"소율아, 나 매력지수 올리고 싶은데, 이럴 때는 어떻게 해야 할까?"

"내 아바타도 봐 주면 안 돼?"

그때쯤 교실에서는 다들 '마이월드 다이아 공략법'을 알아내느라 바빴다. 등급을 평가하는 지표 중에서도 특히 매력지수의 평가 기준이 모호했다. 나는 마이월드 안에서 연예인처럼 유명한 다이아몬드 아바타들의 스타일을 참고했다. 그들이 걸친 아이템을 거의 그대로 구매해 나와 예린이 아바타를 꾸며 보았고 잠시 매력지수가 상승하긴 했지만 같은 방법을 여러 번 시도하자 올라가던 점수도 변동이 없었다.

"어…… 그게 나도 사실은 잘……."

옆에 있던 예린이가 내 말을 자르고 끼어들었다.

"소율이한테 맡기고 나서 점수가 팍팍 올라갔다니까?"

나도 잘 모르겠다고 말하려고 했는데, 예린이는 막무가내였다. 내가 맡으면 아바타 매력지수가 계속 올라가기라도 할 것처럼 바람을 잡으니 별로 친하게 지내지 않던 애들까지 모여들었다.

"정말? 그럼 내 것도 봐 줘."

"나도 해 주면 안 돼?"

"야, 잠깐, 잠깐. 너희 이것도 다 기술이고 노하우인 거 알지? 세상에 공짜가 없다는 말이 있잖아. 알다시피 소율이가 마이월드에서 아이템 크리에이터로 다이아 배지까지 받은 대표님인데, 우리 소율이한테 작은 수고비 정도는 줘야 하지 않을까?"

'뭐? 얘가 지금 무슨 소리를 하는 거지.'

당황한 내가 예린이의 팔을 붙잡았지만 예린이는 어차피 아바타 계급을 업그레이드하기 위해 아이템을 구입하다 보면 이 정도 비용은 들 거라는 말까지 덧붙였다.

"뭐야, 쟤 갑자기 왜 저래."

"몰라. 별걸 다 돈을 달라고 하네."

"지가 대표님 비서라도 되나."

"둘 다 돈독이 올랐네."

"아, 됐다. 나는 공부나 할래."

"다이아 배지를 주겠다는 것도 아닌데, 돈을 내라고? 사기 아냐?"

볼멘소리가 흘러나왔다. 몇몇은 불만이 역력한 얼굴을 감추지 못하고 제자리로 돌아가기도 했다. 다이아 배지를 보장할 수 있는 건 아니지만 아바타를 꾸며서 잠깐 매력지수 높이는 방법을 알아낸 건 사실인데 사기꾼 취급을 당하자 당혹스러웠다. 차갑게 얼어붙은 분위기, 의심 어린 시선들. 그런데도 예린이의 기세는 꺾이지 않았다.

"싫으면 말고. 레벨을 올릴지, 도태될지는 자기 선택이지. 안 그래? 그리고 소율이가 뭐가 아쉽겠냐. 이미 제작해 둔 아이템 판매 수익만 가져가도 충분한데. 우리가 도와달라고 하니까 해 주는 거 아니겠어? 친구들 생각해서, 좋아서 하는 일인 거지. 그런 친구한테 고맙다고 하지는 않고 돈 내기 싫어서 사기 운운하는 건 너무 쪼잔한 거 아냐?"

순간 '사기'라는 말을 꺼냈던 아윤이에게 모두의 시선이 쏠렸다. 당황했는지 아윤이의 양 뺨이 붉게 달아올랐다.

그날 이후 아윤이에게는 순식간에 '속 좁은 애'라는 이미지가 덧씌워졌다. 대가를 지불하지 않으려고 억지 주장을 펼쳐 지 대표를 깎아내렸다는 꼬리표까지 따라붙었다. 사기꾼 취급을 받았을 땐 울컥했던 게 사실이지만 이렇게까지 몰아세울 일은 아닌 것 같은데. 분위기가 이상하게 흘러가는 것 같아 마음이 불편했다. 아윤이와 같은 초등학교를 나온 나는 평소에도 직설적으로 말하는 편이라는 건 알고 있었다.

생각을 거침없이 표현하는 편이기는 해도 누군가를 해코지하려는 악의가 있는 애는 아니었다. 생각보다 말과 몸이 앞서서 가끔 오해받을 때가 있었지만, 그만큼 실수를 빠르게 인정하던 시원한 성격이었다. 초등학생 때도 누가 자기 말에 상처 받았다는 소리를 한마디만 들어도 바로 찾아가 사과하곤 했다.

그 후로 몇 번인가 아윤이와 교실에서 마주칠 때마다 손에서 땀이 날 정도로 어색해서 인사조차 먼저 건넬 수가 없었다. 아윤이 역시 몇 번이나 내 얼굴을 바라보다가 그대로 지나치기를 반복했다. 그렇게 우리 두 사람은 대화의 물꼬를 트는 방법을 찾지 못한 사람들처럼 머뭇거리다가 지나쳐 버렸다.

그사이에도 예린이 말을 듣고 나에게 자기 아바타를 부탁하는 애들은 늘어났다. 예린이는 신이 나서 이러다가 사무실이라도 따로 내야 하는 거 아니냐고 말하기도 했다. 인스타그램 아이디 대신 마이월드 계정을 공유하는 애들은 점점 더 늘어났고, 마이월드 가입자가 늘어나면 늘어날수록 나를 찾는 아이들도 덩달아 많아졌다.

"아이고, 어서 오세요. 고객님."

수줍음이 많은 편인 나와는 달리 예린이는 넉살이 좋았다.

나를 찾아온 애들이 우물쭈물 대면 "고객님~"이라 부르며 웃으면서 반기고 옆에서 필요한 일을 챙겼다. 나를 찾는 아이들이 늘어날수록 나와 내 옆자리인 예린이 자리에만 특별한 기운이 감싸고 있는 것 같았다. 떳떳하지 못한 방법으로 돈을 벌고 있다는 의심이 얼마간 들기도 했다. 하지만 밀려드는 애들, 옆에서 신이 난 예린이를 볼 때마다 우리 두 사람을 감싼 특별한 기운에 도취되어 의심 따위는 옅어졌다.

한 달에 한 번인 크리에이터 정산일을 기다릴 필요도 없이 그때그때 돈을 받는 기쁨도 내 가슴 속에 얼마간 자리 잡았던 양심의 가책을 지우는 데 한몫했다. 아이템을 등록해 두고 팔릴 때까지 기다릴 필요 없이 '고객님'들이 알아서 돈을 들고 찾아오니 이렇게 편할 수가 없었다. 불어나는 예금액을 보며 옆에 있던 예린이를 끌어안았다.

"갓예린, 찬양하라! 어떻게 이런 생각을 했어? 뭐 먹고 싶은 거 없어? 오늘 간식은 언니가 쏜다."

돈을 들고 찾아오는 아이들, 길게 늘어선 줄. 자리에 앉아 밀려드는 아이들을 상대할 때만 해도 몰랐다. 나와 예린이 자리를 감싼 특별한 기운을 '위화감'이라고 부를 수도 있다는 것을. 아바타를 업그레이드하고 싶다는 간절함이 잘못된 건 아니지만 누군가의 마음을 무책임하게 이용해서는 안 된다는 것도. 또 누군가는 같은 시간, 아바타 등급을 한 단계라도 올리기 위해 용돈을 쓰는 아이들을 보며 자괴감만 느낄 수 있다는 사실도. 우리는 교실 안에서 아이들을 가르는 견고하고 높은 성벽을 쌓아 가고 있었다.

4

그러던 어느 날 복도에서 시끄러운 소리가 들렸다. 무슨 일인가 싶어 밖으로 나갔더니 예린이가 보였다.

"그런 거 아니거든요?"

"왜, 너네가 하는 짓이 지금 학교에서 대놓고 삥 뜯는 거랑 뭐가 달라. 선 넘지 말라고 나는 분명히 경고했다."

'이게 다 무슨 소리지?'

예린이 앞에는 노란 명찰을 단 3학년이 서 있었다. 키가 크고 체격이 다부진 언니였다. 2학년만 있는 우리 층에 3학년이 내려오는 일은 드물었다. 3학년이 내려온 것만으로도 이목이 집중될 수밖에 없는데, 큰소리까지 나자 교실에 있던 애들도 호기심을 참지 못하고 다들 복도로 얼굴을 내밀었다.

심각한 대화 내용과 그보다 더 심각한 표정, 당장이라도 폭발할 것 같은 팽팽한 긴장감이 긴 복도를 감돌았다. 다들 가까이 다가가지 못하고 멀찍이 서서 구경만 하고 있었다.

골이 난 예린이의 표정이 심상치 않았다. 저대로 놔두었다가는 일이라도 치를 것 같았다. 나는 예린이를 말려야겠다는 생각으로 두 사람 쪽으로 다가갔다.

"어, 저기 오네. 내 동생이 너한테 용돈 한 달 치를 다 바쳤다고 하던데, 한번 물어보려고 왔어. 네가 무슨 권리로 애들한테 돈을 받는 거야? 네가 손대면 정말 아바타 등급이 올라가긴 해? 사람들 있는 데서 시원하게 말해 봐, 어?"

복도가 쩌렁쩌렁 울릴 정도의 큰 목소리였다. 나를 비난하며 무섭게 노려보는데 손끝이 저릿해졌다. 언니는 무서운 기세로 내 코앞까지 걸어왔다. 큰 눈으로 어찌나 뚫어져라 노려보는지, 얼굴에 구멍이 날 것 같았다. 나는 그대로 손발이 묶인 듯 얼어붙어 한마디도 할 수 없었다.

그때 예린이가 나와 언니 사이로 갑자기 들어오며 내 앞을 막아섰다. 삐뚜름하게 서 있던 언니가 갑자기 들어온 예린이한테 밀려 중심을 잃고 큰 소리를 내며 넘어졌다. 여기저기에서 깜짝 놀라 큰 숨을 삼키는 소리가 났다. "어떡해!", "말려야 하는 거 아냐?"라며 소란을 떠는 아이들도 있었다. 예린이가 일부러 밀친 건 아니지만 이렇게 사람 많은 복도에서, 2학년과 대거리하다 3학년이 쓰러지는 일은 좀처럼 벌어지지 않았기 때문에 다들 섣불리 나서질 못했다.

"무슨 일이니? 왜 다들 복도에 나와 있어?"

일촉즉발의 상황은 담임 쌤이 다가오면서 끝이 났다.

그날 받았던 비난은 칼날처럼 내 가슴에 꽂혀 흉터로 남았다. 나를 비난하는 사람이 있다는 사실도 괴로웠지만 비난이 쏟아질 때 한마디도 하지 못했다는 사실이 나를 더 할퀴었다. 모두 듣는 곳에서 "나는 내가 하는 일이 떳떳하고 자랑스럽다."라고 외칠 수 없던 그 순간 느꼈던 괴로움이 해소되지 않아 나를 아프게 했다.

아슬아슬, 금방이라도 끊어질 것 같은 고무줄처럼 팽팽했던 그날 같은 상황이 언제라도 다시 벌어질 수 있다는 것도 불안했다. 언제 끊어져도 이상하지 않을 고무줄 같은 긴장감을 만들고 그런 긴장을 즐기고 있던 건 다름 아닌 나 그리고 예린이였다. 우리는 양쪽에서 잔뜩 힘을 주어 줄을 당기고 있었다. 한쪽에서 경고 없이 놓기라도 하면 다른 한 명은 튕긴 줄에 맞아 다칠 수도 있는 상황이었다. 그런 위험천만한 상황을 우리 두 사람이 자초해 만들어 놓고 긴장을 유지하는 놀이를 하고 있었다는 걸, 그날 깨달았다. 위험을 감지한 순간, 놀이가 아닌 셈이니 그만두는 게 좋다는 것도.

막상 예린이 얼굴을 보면 그런 말이 나오질 않았다. 3학년 언니와 복도에서 충돌한 후에도 예린이는 여전히 거침없어 보였다. 오히려 부당한 소문과 오해에는 제대로 맞서야 한다고 주장했다.

"지 대표가 억지로 돈을 뺏기를 했어, 돈만 받고 튀기를 했어?"

"그렇지. 그건 아니지만, 내가 아바타를 만진다고 등급이 확실히 오르는 건 아니긴 하니까 누군가는 이상하다고 생각할 수도⋯⋯."

"소율아, 괜찮아. 원래 잘나가면 질투하는 애들이 있는 거야. 이럴 때일수록 당당하게 하던 걸 계속 밀어붙여야 한다고. 그렇지 않아? 돈, 안 벌 거야?"

"어? 아니, 내가 돈을 안 벌겠다는 건 아닌데⋯⋯."

"생각해 봐. 사실 너는 피해자야. 그 언니가 난리 친 후에 의뢰하는 애들 숫자가 뚝 떨어졌으니까. 매출을 메우려면 네가 얼마나 더 일해야겠어? 안 그래?"

그날 이후 나를 찾는 아이들이 줄어든 건 사실이었다. 처음엔 아이템 판매 수익으로도 충분한 것 같다고 생각했지만, 예린이 말을 듣다 보니 빼앗긴 내 몫을 되찾아야 할 것 같았다. 빈 곳을 메우려면 그만큼 더 많은 아이템을, 더 빠른 속도로 등록해야 주문도 늘어날 터였다. 초조해졌다. 그만두자는 소리를 할 때가 아닌 것 같았다.

알을 깨는 아이들

문제는 아무리 새 아이템을 등록해도 연일 올라가기만 하던 매출 곡선이 하강하기만 한다는 거였다. 이럴 리가 없는데. 아이템 목록에서 '인기순'으로 정렬할 때마다 내 아이템이 조금씩 뒤로 밀려나는 게 보였다.

새로운 아이템을 한꺼번에, 더 많이 등록하는 수밖에 없었다. 1분 1초가 아쉬웠다. 빠르게 찍어 낼 수 있는 아이템 위주로만 만들었다. 멋도 없고 밋밋하고, 내가 봐도 지루한, 틀에 박힌 아이템들이었다. 와플 기계에 반죽 물만 부어 찍어 내는 노동이랑 다를 게 없다는 생각이 들었다. 아바타를 새로운 방식으로 꾸미기 위한 방법을 고민하는 시간이 사라졌다. 자는 시간을 줄이고 밥 먹는 시간, 화장실 갈 시간까지 쪼개서 물량 공세를 해야 예린이가 말한 것처럼 손해를 메울 수 있었다.

개성 없이 비슷비슷한 아이템들을 크리에이터 페이지에 한꺼번에 업로드하고 '등록' 버튼을 눌러야 할 때 어쩐지 망설여졌다. 뭐지, 이 기분은. 가슴 한구석에 구멍이 뚫린 것 같은 기분이었다. 마지막 등록 버튼 앞에서 손가락이 쉽게 움직여지지 않았다. 화면 위를 배회하던 무거운 손가락에 힘이 풀리면서, 마침내 미끄러지듯 '등록'에 닿았다.

5

다음 날, 그다음 날에도 비슷한 패턴을 반복했다. 그런데도 순위에는 큰 변동이 없었다. 이제는 오른쪽으로 스와이프를 세 번은 해야 내 아이템이 겨우 두 개 보일까 말까 할 정도로 밀려났다.

마트에서 일하는 엄마가 마감한 날에 안 팔리는 물건을 얘기하며 중얼대던 게 생각났다. 찾는 사람은 없는데 버릴 수도 없어서 먼지만 쌓여 가는 악성 재고. 엄마는 그런 물건들은 애물단지가 된다고 했다. 사람들의 손과 눈이 닿지도 않는 칸으로 밀려나고 밀려나서 쓰레기로 버려질 운명. 내가 만든 아이템들이 사람들의 선택을 받지 못해 악성 재고가 된다는 상상만으로도 끔찍했다.

"인기 많은 아이템을 분석해 보면 뭔가 다른 점이 보이지 않을까?"

매출 때문에 걱정 많은 나에게 예린이가 말했다. 인기 아이템을 다시 보고, 인기 아이템을 제작한 크리에이터의 계정도 염탐했다.

하지만 두 눈 씻고 찾아봐도 차별성이라고는 찾아볼 수 없는 그저 그런 아이템뿐이었다. 인기 아이템 순위 1위부터 20위까지, 같은 크리에이터가 제작한 아이템이라는 사실을 알

알을 깨는 아이들

아내고 질투만 더 커졌다. 아이템을 한 번에 100개씩은 올리는 '랜디스'라는 이름을 노려봤다. 어떻게 하는 거지? 어떻게 이렇게 빠르게 만들지? 이런 생각으로 내가 시간을 낭비하는 사이에도 랜디스는 신상품을 등록하고 있을지도 몰라. 마음이 바빠져서 다시 모니터 앞으로 돌아갔다.

그 사이에 또 마이월드 아바타 등급 정책이 바뀐 건지 이제는 유명 아바타의 스타일을 모방한다고 매력지수가 올라가지도 않아 아바타 꾸미기 의뢰도 뚝 끊겼다. 이제는 정말 아이템 판매에 기댈 수밖에 없었다. 이대로라면 매출이 이전 달에 비해 절반도 되지 않을 것 같아 초조해졌다. 밤을 지새우는 날이 많아졌다. 학교에서는 졸음과 싸우느라 힘이 들었다.

엄마와 아빠, 언니까지 "무슨 일 있느냐?"라고 물어봤지만 대답할 기운이 없어 "일 때문에 바쁘다.", "일할 때 방해하지 말라."는 말만 반복했다. 아이템 판매가 줄어들고 있다고 얘기하기에는 자존심이 상했다. 매달 정산 금액을 물어보는 아빠와 엄마의 기대 가득한 시선도 부담이었다. 매출이 떨어졌다는 걸 얘기하자마자 돌아올 반응도 생각하고 싶지 않았다. '네가 그러면 그렇지'라는 눈빛을 보내겠지. 그런 생각이 들면 자다가도 벌떡 일어나 다시 아이템을 찍어 내듯 만

꿈의 등급

들었다.

"쟤 왜 저래?"

"아무래도 무슨 일 있는 거 같은데."

문밖에서 가족이 웅성대는 소리가 들렸지만 애써 무시했다.

말수가 줄어든 건 학교에서도 마찬가지였다. 옆에서 예린이가 이런저런 얘기를 걸어와도 건성으로 대꾸했다.

"지 대표, 나 갖고 싶은 거 생겼는데. 고양이 열쇠고리인데, 보여 줄까?"

"어, 그래⋯⋯. 뭔데?"

예린이가 보여 준 화면 속에는 귀여운 고양이 모양의 키링이 있었다. 제대로 보지도 않고 예쁘다고 맞장구를 치는데, 들려오는 말에 찬물을 끼얹은 듯 번쩍 정신이 들었다.

"그럼 이걸로 할게."

나는 이게 다 무슨 말인가 싶었다.

"뭘⋯⋯ 한다는 거야?"

"너 왜 그래. 기억 안 나? 네가 갖고 싶은 거 다 말하라면서. 사 주겠다는 말 아니었어?"

순간 머리를 한 대 얻어맞은 것처럼 얼얼했다. 뭐든 사 줄 테니 말만 하라며 큰소리를 떵떵 쳤던 기억이 떠올랐다. 빈말은 아니었다. 예린이가 아니었다면 마이월드도, 아바타 꾸미기도, 아이템 판매라는 일도 시작하지 못했을 거다. 고마워서 우리가 같이 놀 때면 밥값을 계산했고, 가끔 맛있는 간식을 사서 책상에 올려 두기도 했다. 노래방에 갔을 때나 소품 숍을 함께 구경할 때도, 내가 먼저 예린이 몫까지 계산하면서도 아깝다는 생각을 해 본 적은 없었다. 그 정도는 기분 좋게 해 줄 수 있다고 생각했다.

그런데 예린이가 원하는 물건을 콕 짚어 사 달라고 요구하자 나는 머리가 새하얘질 정도로 당황해서 말이 나오질 않았다. 옆에서 예린이는 계속 "왜 그래? 네가 보기엔 별로 안 예뻐?"라며 재촉했다. 허락을 구하는 것처럼 보이지만 요구를 관철하기 위한 압박이었다. 당당하게 물건을 요구하는 예린이의 태도에 나는 별안간 뜨거운 콧김이 나올 것 같았지만 간신히 억눌렀다.

"그래 뭐, 너 다음 달 생일이니까 생일 선물을 미리 줘도 괜찮을 거 같아."

"갑자기 여기에서 생일이 왜 나와? 생일이랑 지금 이 열쇠고리랑 무슨 상관?"

예린이는 이해되지 않는다는 듯 고개까지 갸우뚱하며 내 얼굴을 바라보았다.

"혹시 사 주기 싫어서 그러는 거야? 야, 사 주겠다고 해서 작은 키링 하나 고른 건데, 우리 사이에 너무하다 정말. 성공하는 부자들은 다르다더니, 대표님이라 그런가, 역시 알뜰하네. 됐어. 이거 안 가져도 돼. 그냥 사 주지 마."

그렇게 말하는 예린이의 얼굴과 말투, 표정에 섭섭함이 그득했다. 내가 못 할 짓을 한 건가 싶어 죄책감까지 느껴졌다.

"우리 지 대표님, 열쇠고리 값 아껴서 빠르게 건물주 되세요."

장난스러운 표정을 지으며 나를 짓궂게 놀리는 예린이의 얼굴이 그날따라 유독 얄밉게 느껴졌다. 소율이라는 이름이 아닌 지 대표라는 호칭도, 부자가 되라는 덕담도 곱게 들리기는커녕 나를 재단하고 가두는 주문처럼 느껴졌다. 나는 그만 소리를 높이고 말았다.

"네가 건물주 친구가 되고 싶은 건 아니고?"

튀어나와 버린 말들은 화살처럼 앞으로만 향했다.

"네가 정말 날 생각한다면 너는 이러면 안 되는 거 아니야? 너는 다 알잖아. 내가 요즘 어떤지. 옆에서 다 지켜봐서 잘 알잖아. 그런데 그렇게 말할 수밖에 없어? 너는 그러면 안 되잖아. 요즘 내가 얼마나……."

말은 이어지지 못했다. 갑자기 숨이 찼다. '얼마나'라는 말을 두어 번 더 반복하면서 나는 거칠게 숨을 내쉬고 들이쉬

알을 깨는 아이들

기를 반복했지만, 그다음 말은 생각이 나질 않았다. 누가 내 몸속에 있는 스위치를 꺼 버린 것 같았다. 예린이는 황당하고 기가 차다는 얼굴이었다.

"내가 뭘 어쨌다고? 네가 좋아서 시작한 일이고 잘 되기까지 하면서 너 지금 나한테 왜 갑자기 버럭 행패를 부리냐?"

예린이의 모든 말이 목욕탕 소리처럼 울렸다. 말을 하려고 하는데 갑자기 목구멍 쪽에서 시큼한 맛이 느껴졌다. "쟤네 무슨 일이야?", "뭐지?" 수군대는 아이들의 목소리가 동굴처럼 우리 둘을 에워쌌다. 나가서 얘기하자고 말하려는데, 그 말조차 나오질 않았다. 아침부터 울렁이던 속이 말이 아니었고 두통까지 느껴졌다. 식은땀이 났다.

"박예린, 너 말을 왜 그렇게 해. 소율이가 행패를 부린 건 아니지."

언제부터인지 모르지만 우리 대화를 다 듣고 있던 것 같은 아윤이가 내 옆으로 다가왔다. 내 옆에 선 아윤이의 옆모습을 바라보다가 직설적인 두 사람이 또 충돌할까 봐 걱정이 돼, 그만하자고 말하려는데, 머리가 핑 돌면서 어지럼증이 왔다. 뭐가 뭔지도 모르겠지만 위험신호만큼은 알아챌 수 있었다. 이대로 서 있으면 안 된다고, 온몸이 경고했다.

"저기, 나 잠깐 양호실 좀."

6

정신이 들었을 때 첫 번째로 떠오른 건 엄마와 아빠, 언니 얼굴이었다. 짧고도 긴 꿈속에서 우리는 마이월드 속 아바타들이었다. 다들 내가 골라 준 옷을 입고 있었다. "너무 예쁘다.", "나한테 잘 어울려?", "이런 건 처음 입어 보는데, 괜찮네.", "우리 딸 덕에 이런 옷도 입어 보네." 내가 만든 아이템 덕에 그야말로 환골탈태를 한 세 사람이 서로의 모습을 신기해하며 웃었다. 꿈속인데도 그동안 내가 번 돈의 액수가 아니라, 내가 만든 아이템, 꾸며 낸 아바타에 대해서는 가족에게 얘기한 적이 없어 아쉽다는 생각이 들었다. 내가 죽은 게 아니라면, 이제는 이야기해 보고 싶다고 기도했다. 그 순간 어디선가 찬바람이 불어왔다.

"소율아, 괜찮아?"

흐릿한 얼굴에 초점을 맞추려 노력했다. 아윤이었다. 아윤이가 체육 쌤을 데리고 왔다고 했다. 몽롱하고 피곤한 얼굴로, 쌤 부축을 받아 내가 직접 양호실 침대까지 걸어와 그대로 누워 곯아떨어졌다고 했다.

"담임 쌤이 너희 집에 연락도 했대. 곧 부모님도 오실 거야."

문득 아윤이와 대화를 나누는 게 너무 오랜만이라는 걸 깨달았다. '그런데 왜 찾아왔지? 생리통 약 받으러 왔나?' 아윤이는 내가 누워 있는 침대 옆으로 다가왔다. 초등학교 때부터 자주 보여 준 그 시원시원하고 직설적인 말투로, 나에게 볼일이 있다는 걸 숨기지 않고 하고 싶던 얘기를 해야겠다며 운을 뗐다.

"미안해. 계속 사과하고 싶었는데 어색해서 좀 늦게 말하네. 나, 솔직히 너한테 편견 있었다? 쉽게 돈 벌면서 옆에는 박예린처럼 목소리 큰 애까지 데리고 다니면서 조용히 공부만 하는 애들 방해하는 건가 싶었어. 박예린이 난리 칠 때는 갑질하는 건가 싶기도 했고."

"갑질? 내가?"

'갑질'이라는 단어에 깜짝 놀란 내 목소리가 커졌다. 그러자 아윤이가 급하게 손을 저었다.

"아니, 잠깐 그런 생각을 했다고. 그런데 네가 매일 열심히 하는 걸 보면서 쟤는 정말 저 일을 좋아하나 보다, 너무 좋아하는 일이라서 저렇게 학교에서도 열심히 매달릴 수밖에 없는 거구나 싶었어. 나도 언젠가는 저런 일이 생기면 좋겠다, 그런 생각이 들면서 부럽고 응원하게 되기도 하고, 질투할 때도 있고. 그때 잘 알지도 못하면서 사기라고 말한 건 미안해."

아윤이는 얼굴까지 벌겋게 된 채 다시 잘 지내보고 싶다고 했다. 나는 아윤이의 진심 어린 사과를 받아들였다. 그러면서도 마음 한구석에는 찜찜함이 남았다.

'정말 저 일을 좋아하나 보다.'

엄마가 운전하는 차를 타고 집에 오는 내내 아윤이가 한 말이 이마에 딱 붙어 떨어지지 않았다. '좋아…… 하나? 내가, 지금 이 일을 좋아하는 건가? 나는 사실 쓸모 있는 사람이 되어야 한다는 강박 때문에 돈 버는 데만 집착했던 게 아닐까?' 매일 밤, 잠까지 줄여 가며 그저 그런 개성 없는 아이템을 공장처럼 찍어 내는 일을 좋아한다고 말할 수는 없었다.

집에 도착하니 아빠는 물론 언니까지 내 눈치를 보는 것 같았다. 관심이 좋으면서도 거북했다. 모두 내 눈치만 보며 비위를 맞추려 드는 상황이 편치 않았다. 언제나 당당하던 언니까지 웬일인지 쭈뼛거리더니 말했다.

"애초에 네가 이길 수가 없는 게임이었어. 마이월드 랜디스 말이야. 생성형 인공지능으로 만든 아이템을 등록해서 판매하기만 하는 계정이래."

언니는 언니대로 내가 떨어지는 매출 때문에 죽을 쑤는 동안 걱정이 많았던 모양인지 마이월드에 접속해 나를 제치고 'TOP 크리에이터' 자리를 차지한 랜디스에 대해 알아보았다.

아이템을 올리는 속도와 물량이 도무지 인간의 속도로 따라 잡을 수 없을 정도로 압도적이었던 이유는 랜디스가 정말 인간이 아니기 때문이었다.

 "일단 마이월드 크리에이터 지원 팀에 문의해 놓았어. 인공지능으로 생성한 아이템만 취급하는 계정을 차단할지, 아닐지는 모르지만. 아무튼 매출이 떨어져도, 그게 네가 뭘 잘못하거나 덜 노력해서 그런 건 아니니까 적당히 하라고."

 다만 항의하는 사람이 워낙 많아서 생성형 인공지능을 이용해 아이템 판매만 하는 계정에 대해서는 조치가 취해질 가능성이 많을 거 같다는 게 유력하다는 설명을 듣는데, 어떻게 그새 저런 걸 다 알아냈나 싶어서 조금은 든든하다는 생각마저 들었다. 언니 말대로 랜디스의 계정은 정지되었는지 얼마 지나지 않아 마이월드에서 사라졌다. 나는 사람이 아닌 것과 싸우고 있었다는 사실에 허탈하면서도 투지가 활활 불타올랐다. 랜디스를 쫓아가기만 했던 시간이 아까워서라도, 나는 다시 나다운 방식으로 해 보고 싶어졌다. 다시 가게를 정비하고 영업을 시작한 사장처럼 지난 며칠간 뭐든 열심이었다.

 "저러다 또 쓰러지겠네. 작작 해, 지소율. 돈이면 다냐? 못 벌어도 안 놀릴게."

언니는 가끔 지나가다 무리하지 말라는 걱정을 얄미운 말을 덧붙여 돌려 말했다. 나는 언니의 걱정을 들으며 아윤이가 했던 말이 다시 떠올랐다. 좋아하는 일을 하는 네가 부럽다는 말. 이제는 내 일에 대해 내가 느끼는 감정을 설명해야 한다면, 아윤이 말이 더 멋지지만 언니 말이 진실에 가깝다는 생각이 든다. 나는 돈 때문에 이 일에 매달렸다. 내가 버는 돈이 곧 내 힘이라는 생각에 사로잡혔다. 돈을 벌지 못하면 '아무것도 아닌 사람'이 되는 거라며 나 자신을 깎아내리며 불안해했다. 매출이 늘어날수록 마이월드 속 아바타 등급처럼 나의 등급이 올라갈 거라고 믿었다. 하지만 매출은 게임의 법칙이 바뀔 때마다, 경쟁자가 나타날 때마다 달라질 수 있다. 포기하지 않는다고 해서 올라간다는 법도 없다. 심지어 경쟁자는 사람이 아닐 수도 있다. 그렇다면 언제든 이 꿈을 접어야 할지 모른다. 매일 잘하고 싶으면서도, 언제든 나도 모르게 질 수밖에 없는 게임을 하고 있다는 생각이 드는 날이면 문득 허무하다. 이길 수 없는 상대와 경쟁하고 있던 날들에는 불안하고 초조해져서 매일 자신감도 꺾였다.

자신감이 꺾일 때마다 처음 나를 마이월드의 세계로 이끈 예린이를 원망했다. 그때는 "지 대표"라는 별명도 자랑스럽지 않았다. 오히려 어깨만 무거웠다. 예린이를 볼 때마다 나

알을 깨는 아이들

를 몰아세우고 더 노력하라고 다그치는 또 다른 나를 보는 것 같아 껄끄러웠다. 개운치 않았던 마음이 쌓이고 쌓여 폭발한 것이다. 그날의 폭발 이후, 나는 예린이를 대놓고 피해 다녔다. 그런데 오늘, 엄마가 예린이 얘기를 꺼내자 이제는 예린이 얼굴을 볼 수 있을 것 같다는 생각이 들었다.

언제까지 이렇게 지낼 수는 없었다. 시작은 예린이였지만, 이 일을 계속하겠다고 결정한 건 결국 나다. 좋아한다고 자신 있게 말할 수는 없지만 포기하고 싶지 않고, 이 일을 잘 해내기 위한 방법을 생각하는 시간이 즐겁다. 밤마다 이제 자라는 가족의 걱정을 귀가 따갑게 들을 정도로 몰입하는 일이기도 하다. 다만 이 일에 대한 내 진심을 오래도록 지키려면 일의 중심이 매출도, 엄마와 아빠의 장밋빛 기대도, 친구 예린이의 성화도 아닌 나 자신이어야 했다. 그러려면 예린이와의 관계에도 변화가 필요했다.

마이월드에서 알림음이 울렸다. 마이월드에 저장된 '1년 전 오늘' 추억 조각이었다.

'제로' 님이 '나나' 님과 함께

'제로'는 나의 아이디이고, '나나'는 예린이의 아이디이다. 우리가 처음 마이월드에서 촬영한 댄스 클립을 보았다. 제로와 나나가 노을이 진 강가에서 서로 바라보며 같은 동작으로 춤을 췄다. 나나가 걸친 아이템을 하나하나 응시했다. 헤어스타일부터 작은 액세서리 하나까지, 정성을 들여 예린이 취향까지 고려해 아이템을 고르던 기억이 났다. 누군가의 아름다움이 돋보이도록 개성을 부여하는 일. 내가 돈을 벌기 전부터 사랑해 왔던 일, 바로 그 일을 계속하면 된다.

돈을 벌기 시작하면서 내가 다른 애들보다 앞서고 있다 생각했던 건 사실이다. 엄마와 아빠, 언니가 나를 보는 눈빛이 달라진 것 같아 우월감을 느끼며 으스대던 것도. 하지만 누가 내 눈치를 보거나 비위를 맞추는 기색을 느낄 때마다 마음은 거북하기만 했다. 공부해야 한다며 제멋대로 무례하게 구는 것뿐 아니라 '사장님 갑질' 또한 부끄러운 짓이라는 걸 은연중에 알고 의식했던 것이다.

갑질은 지 대표한테는 어울리지 않다. 나는 황금알을 낳는 거위가 아닌데, 매월 매출만을 의식하며 무리한 일을 벌이고 싶지 않다는 얘기를 문밖에 있는 가족에게 가장 먼저 털어놓고 싶어졌다. 아직은 한 사람 한 사람의 고유한 매력을 이끌어 내는 다정한 눈과 섬세한 감각을 갈고 닦는 크리에이터이고 싶다.

마이월드 속 아바타에는 등급이 있을지 몰라도 우리 꿈에는 등급이 없다. 그런데도 나는 여태껏 공부보다 돈이라는 꿈이 더 높은 곳에 위치해 있다는 착각에 빠져 나 자신을 옭아맸다.

저녁 8시 34분. 지 대표에게는 아직 너무나 이른 시간이지만, 오늘은 간만에 일찍 영업을 종료해야겠다. 어차피 오늘만 날은 아니니까. 마음의 불이 꺼지지 않는 한, 당분간 폐업은 없을 테니까. 나는 불을 끄고 'OPEN(영업 중)'에서 'CLOSED(영업 종료)'로 팻말을 뒤집는 어느 가게의 사장님처럼, 로그아웃 버튼을 누르고 마이월드를 종료했다.

　학교에서 장래 희망을 적어 내라고 할 때마다 곤란한 사람들이 많았을 것이다. 꿈이 없는데, 꿈을 말하라고 하니 한숨만 푹푹 쉬다가 거짓으로 꾸며 내고, 잘못된 일도 아닌데 거짓말을 한 것 같은 불편한 감정을 느꼈던 아이들. 내가 바로 그런 아이였다.

　어차피 없는 꿈, 적당히 눈에 보이고 손에 잡히는 직업을 찾아 대충 둘러대도 누가 뭐라고 할 사람도 없었는데 천성이 요령 없고 뻣뻣해서 도저히 '아무거나' 쓸 수는 없었다.

　장래 희망을 보고 선생님을 포함한 어른들이 나에게 던질 한마디 한마디를 한껏 의식하면서 최대한 책잡히지 않을 모범적인 직업을 고르려고 노력했다.

　어떤 일을 희망하느냐에 따라 어른들의 반응은 확연히 엇갈렸고 직접적인 발언을 하지 않아도 그 정도는 느낄 수 있었다. 꿈이 생겨나기도 전에 진로 선택에 있어서 내가 아닌 타인, 세간에서 얘기하는 좋은 직업의 조건부터 학습한 것이다.

　그렇게 시간이 흘러 적당한 연봉과 고용 안정을 보장하는 직장에 취업하는 게 꿈인 고등학생으로 자라나 한눈팔지 않고 정확히 그 꿈을 향해서만 갔다.

5년이라는 짧지 않은 직장 생활을 거친 뒤에야 직업 선택에 있어 사람들이 중요하다고 하는 요소와 내가 중요하다고 느끼는 가치가 다를 수도 있다는 단순한 진리를 깨달았다.

다른 사람의 꿈이 내 꿈이 되어서는 안 된다고, 내가 진정으로 하고 싶은 일을 해야 행복하다는 말은 공기처럼 둥둥 떠다니지만 이렇듯 피부에 와닿는 경험을 해 보기 전까지는 깨우칠 수가 없다.

만약 어린 시절, 꿈에는 등급이 없으므로 내 진심이 좀 더 이끌리는 쪽으로 가 보아야 한다는 말을 들었다면 어땠을까. 늘 그래 왔듯 결국 내가 듣고 싶었던 이야기를 소설에 담았다.

아무리 밥벌이가 중하다지만

탁경은

《싸이퍼》로 제14회 사계절문학상을 받으며 작품 활동을 시작했다. 지은 책으로
《소원 따위 필요 없어》, 《사랑에 빠질 때 나누는 말들》 등이 있다. 앤솔러지 《외
로움의 습도》, 《첫사랑 49.5℃》, 《달고나, 예리!》, 《열다섯, 그럴 나이》 등에 참여
했다. 글쓰기를 더 즐기고 싶고, 글쓰기를 통해 더 괜찮은 인간이 되고 싶다.

스콘과 부탁 ——

스콘이었다. 엄마가 가장 좋아한 빵은 카스텔라도 아니고 식빵도 아니고 단팥빵도 아닌 스콘이었다.

볼 위에 체망을 얹고 박력분 밀가루, 설탕, 소금 한 꼬집, 식용 소다 조금을 붓고 흔든다. 우유를 조금씩 섞어 찰지게 반죽한다. 반죽이 완성되면 원반 형태를 만든다. 오븐 접시에 쿠킹 시트를 깔고 그 위에 밀가루를 약간 뿌린 뒤 스콘을 얹고 표면에 우유를 발라 준다.

나는 잘하는 게 거의 없는데 유일하게 스콘 하나는 잘 굽는다. 어렸을 때부터 엄마를 위해 스콘을 구웠기 때문이다. 그러다 보니 스콘 굽는 냄새까지 좋아하게 되었다. 사람은 자기가 잘하는 일을 반복하면서 유능감을 확인하는 걸 좋아하는 것 같다.

오늘 나는 정성껏 스콘을 만든다. 엄마에게 할 말이 있다. 부탁할 말인지 통보하는 말인지 헷갈리지만 어쨌거나 핵심은 엄마에게 해야 하는 중요한 말이 있다는 점이다.

빵 냄새가 코로 밀어닥쳤다. 오븐에서 빵이 잘 구워지고 있다는 뜻이었다. 입 안 가득 침이 고였다. 띵, 하는 소리와 함께 빵이 완성되었다. 오븐 장갑을 끼고 능숙하게 빵을 꺼냈다. 빵에서 솔솔 올라온 훈김이 허기를 일깨웠다. 배가 엄청 고팠지만 참았다. 엄마가 빵을 맛있게 먹는 모습을 보면서 할 말을 하는 게 먼저였다.

도어록 열리는 소리와 함께 엄마가 집 안에 들어섰다. 가벼운 콧노래를 부르는 모습을 보니 출판사와의 미팅이 나쁘지 않았던 모양이다. 휴, 다행이라는 생각에 작은 한숨이 새어 나왔다.

"스콘 구웠니?"

아직 뜨거운 빵을 다짜고짜 집어 들려는 엄마 손을 살짝 내리쳤다.

"손부터 씻고 와."

"으휴, 결벽증."

외출하고 들어오면 손을 씻는 게 상식 아닌가? 누구보다도 상식적인 사람인 엄마의 비상식적인 몇 가지 행동 때문에 가끔 나는 상식과 비상식의 기준이 무엇인지 심히 헷갈렸다.

"엄마."

내가 엄마를 부르는 순간 엄마도 눈치챘을 것이다. 내가 엄마한테 부탁할 게 있다는 것을 말이다. 눈치 하나는 정말 남다르게 빠른 사람이니까.

"무슨 부탁 있구나. 뭔데, 아들?"

역시나. 패를 까기도 전에 눈치 백 단인 엄마한테 다 들켜 버렸다. 이대로 항복을 선언하고 싶은 마음을 간신히 달랜 뒤 종일 혼자 굴렸던 말을 꺼냈다.

"나, 연기 학원 다니려고."

엄마는 우유가 담긴 컵을 조용히 내려놓으며 나를 바라보았다.

"에이, 이 농담은 재미없다."

엄마가 피식 웃다가 다시 빵을 한 입 베어 물었다.

"농담 아닌데."

엄마의 입술이 작게 씰룩거렸다.

"수학 학원 끊고 연기 학원 다니고 싶어."

"기준아, 지금 진짜 중요한 시기잖아."

알고 있다. 여기에서 좀 더 노력하면 '인 서울'을 할 수도 있다는 것을. 작년보다 올해 성적이 쬐끔 올랐다는 것도 잘 알고 있다. 하지만 더는 미룰 수가 없다.

"엄마도 알잖아. 중학교 때 수행 평가로 연극했을 때 선생님이 나보고 연기하라고 했던 거. 그때부터 죽 배우고 싶어 한 거."

엄마는 입이 타는지 우유를 벌컥벌컥 마셨다.

"일지. 근네 기왕 참는 거 좀 더 참으면 안 될까? 대학 가서 연극 동아리 들어가면 되잖아."

나는 손에 묻은 빵 반죽을 손톱으로 긁어 냈다.

"학원비…… 내 줄 수 없다는 거지?"

엄마가 내 쪽으로 손을 내밀었다.

"기준아."

나는 엄마가 내민 손을 바라보지 않은 채 앞치마를 풀었다. 그대로 방으로 들어와 방문을 닫았다. 고개를 천천히 돌려 창밖을 내다봤다. 파란 하늘이 보였다. 구름 하나 없는 새파란 하늘이 조용히 나를 응시했다. 가슴 속에 일렁이는 감정이 서운함인지 답답함인지 슬픔인지 알 수 없었다.

어렸을 때부터 엄마가 강조해 온 가치관을 잘 알았다. 밥벌이의 엄중함. 자기 입에 들어가는 밥값은 자기가 벌어야 한다. 부모의 케어는 딱 고등학생 때까지만 받는 거다. 엄마의 말과 태도에 상처받은 것은 아니었다. 이미 충분히 예상한 반응이라 놀랄 것도 없었다. 다만 굉장히 중요한 무언가를 잃어버렸다는 느낌이 들었다. 그 중요한 무언가가 무엇인지 모른다는 것이 문제였지만.

금손과 확률 ──

중학생 시절, 나는 미술 시간을 두려워하던 인간이었지만 내 여자 친구 예진은 반대였다. 타고난 금손인 예진은 푸드 아티스트이다. 음식 재료로 만화 캐릭터부터 기업 로고까지 만들지 못하는 것이 없다. 예진은 작품이 완성되면 사진을 찍어 SNS에 올렸는데 반응이 폭발적이다. 예진은 자연스럽게 파워 인플루언서가 되었고 몇몇 기업에서 함께 일해 보자고 제의해 왔다.

여자 친구가 푸드 아티스트라고 말하면 애들은 "와, 맛있는 거 많이 먹겠네."라며 부러워하지만 실상은 좀 다르다. 연출과 촬영이 목적이라 음식을 여유롭게 먹을 수 있는 날은 드물다.

수학 시간. 수업이 귀에 들어오지 않는다. 나는 집합과 방정식은 좀 좋아하지만, 확률과 미분은 질색이다. 얼른 수업이 끝나기만을 바라고 있는데 톡이 왔다. 예진이었다.

— 이따 빙수 먹으러 갈래?

— 좋지.

학원 앞 빙수 가게에서 망고가 듬뿍 들어간 빙수를 먹으며
예진과 이야기를 나눴다. 빙수가 바닥을 드러낼 때쯤 예진의
휴대폰이 울렸다. 화면을 들여다보던 예진이 휴대폰을 쑥 내
밀었다.

조지 리브스 1959년

마릴리 먼로 1962년

마를레네 디트리히 1992년

장국영 2003년

키스 앤디스 2005년

로빈 윌리엄스 2014년

"이 사람들 공통점이 뭐게?"

예진이 숟가락을 입에 쏙 넣으며 물었다. 내가 좋아하는 배
우 장국영이 있어서 대략 감을 잡았지만 일단 답변을 피했다.

"이미 죽은 사람들?"

"땡! 자살한 배우들."

나는 숟가락을 쟁반에 내려놓았다.

"요즘 SNS에 떠도는 글이야?"

내 말에 예진은 휴대폰을 더 다부지게 잡았다.

"핵심은 그게 아니야."

"그럼, 뭔데?"

"행복."

나는 마른세수를 하다가 등받이에 몸을 기대앉았다.

"모든 배우가 불행하다는 거야? 행복한 배우가 더 많아."

"그럴 수도 있지만."

"좋아하는 일 해서 행복하지 않아? 나도 그러고 싶은 거야."

"나는 돈을 잘 벌잖아."

또 돈 이야기인가? 기가 차서 말문이 막혔다.

"나도 배우로 성공하면 돈 잘 벌 거야."

진심으로 그렇게 생각한다. 내가 좋아하는 일을 하면 오래 버틸 수 있고, 오래 버티다 보면 한 번쯤은 기회가 온다. 그 기회를 잘 붙들면 나도 성공할 수 있다.

"그럴 확률이 얼마나 된다고 생각해?"

와씨, 또 확률인가? 진짜 싫다. 감성파 F 강기준은 철저하게 현실적인 생각으로 무장한 사고형 T 예진에게 오늘도 KO

를 당한다. 이럴 때는 도망가는 게 최선이다. 나는 어깨에 가방을 걸쳐 멨다.

"나 먼저 간다."

도망친 덕분에 학원 시간에 늦지 않았다. 앞도 뒤도 아닌 중간 자리에 앉자, 시우가 내 옆자리에 앉는다. 입이 찢어지게 하품하는 녀석을 흘겨보다가 가방에서 교재를 꺼낸다. 마가 낀 날인가. 오늘 수업 역시 확률이다.

에라, 모르겠다. 나는 눈을 감고 상상의 나래에 잠긴다. 나에게 쏟아지는 화려한 조명. 카메라 렌즈가 익스트림 클로즈업으로 나를 잡는다. 카메라는 미세하게 흔들리는 내 눈동자를 끈질기게 주시하다가 점점 멀어지겠지. 그러다가 하얗게 질린 얼굴과 부들부들 떨리는 입술을 놓치지 않기 위해 버스트 숏으로 찍을 것이다. 스태프 중 한 명이 상대역 대사를 쳐 준다. 그 목소리가 점점 작아지더니 아무 소리도 들리지 않는다. 빈틈없는 침묵 속에서 나는 완전히 배역에 몰두해 그 순간 인물이 받은 충격과 혼란스러움을 표현하기 위해 애쓴다. 얼굴의 모든 근육을 내가 원하는 방향으로 일그러뜨리거나 펴고 싶다. 눈동자가 점점 커지다가 자연스럽게 일렁이도록 하고 싶다. 눈빛에 대본이 지시한 느낌, 감독이 이 순간에 원할 것 같은 느낌을 정확하게 담고 싶다. 고통스러운 심정을 적확한 눈빛과 표정으로 표현하고 싶다.

그리고 나에게 밀려드는 인터뷰 요청과 마이크. 나는 고개를 끄덕이며 질문을 듣다가 세심하게 답변한다.

"존경하는 선배님들이 계셔서 긴장했지만 대본 리딩을 무사히 마쳤습니다. 정말 준비 많이 했으니까 기대해 주셔도 좋아요. 저한테 연기는 난이도가 어려운 확률 문제 같아요. 어렵고 난감하고 늘 허둥거리죠. 그런데 이상하게 지치지가 않아요. 쉽지 않다는 점, 정해진 정답이 없다는 점이 저를 매혹하고 도전하게 만드는 것 같아요."

시우가 팔꿈치로 내 팔을 툭 친다. 턱을 괴고 있던 손이 와르르 무너진다.

"강기준, 그만 졸고 좋은 말로 할 때 25번 문제 풀어라."

쌤의 말에 나는 허둥지둥 문제를 읽었다. 갑자기 글자가 흐릿해지더니 속이 울렁거렸다. 입에서 깊은 탄식이 새어 나왔다.

— 철수네 반에서는 1번부터 10번까지의 학생 중에서 임의로 세 명을 뽑아 급식 당번을 정하려고 한다. 급식 당번으로 정해진 학생의 번호가 어느 두 수도 연속하지 않을 확률은?

급식이라는 단어 때문에 배가 고프다. 겁나 매운 라면을
먹고 싶다.

자유주의자와 현실주의자 ──

"그대, 왜 그리 수심이 깊으시오."

학원이 끝나고 집으로 가는 버스 안. 여전히 내 옆자리에
앉아 있는 시우가 주머니에서 초콜릿을 꺼내 입에 넣었다.
초등학생 때부터 내 절친 자리를 지키고 있는 녀석은 연구
대상이다.

"예진 양과 싸웠소?"

"너야말로 뭐 잘못 먹었냐? 그 이상한 톤은 또 뭐냐."

"허허, 나중에 사극 연기에 도전할 그대를 위한 내 마음 아
니겠소."

"닥쳐라."

만약 배우가 되지 못한다면 나는 이 인간을 연구할 것이
다. 완벽한 똘아이 정시우를 연구해 논문을 발표하리다.

"아, 알겠소. 어머님과 이야기가 잘되지 않았구려."

아오, 내가 그 이야기를 녀석한테 떠벌렸다는 사실이 깊이
후회되었다. 어차피 도움도 안 될 텐데 연기 학원 이야기를
정시우한데 왜 했을까.

알을 깨는 아이들

"내 말대로 하시오. 학원을 꼭 다닐 필요는 없소."

"좋은 말로 할 때 닥치시지."

시우가 내게 초콜릿을 내밀었다. 녀석이 매일 입에 달고 사는 이 초콜릿이야말로 똘끼의 원천 아닐까. 심히 의심스럽지만, 초콜릿을 받았다. 종일 배가 고파 돌아가시기 일보 직전이었다.

"연기자는 아티스트이고, 아티스트의 본질은 자유라고 생각하오. 그대는 규칙이나 통념에서 벗어날 필요가 있소."

"아, 그 말투 그만하라고!"

초콜릿을 입에 넣었다. 달콤하고 쌉싸름한 향이 입 안에 퍼졌다. 마치 배우의 맛 같았다. 향기롭고 달콤하지만 쌉쓸하고 고독한 직업. 모두의 사랑을 받지만, 카메라 앞에서는 철저히 혼자가 되어야만 하는 직업.

버스가 집 근처에 도착했다. 우리는 내릴 준비를 했다.

"라면 먹으러 갈래?"

하차 벨을 누르며 시우는 그윽한 눈빛으로 나를 바라봤다.

"좋은 생각이오."

하, 진짜 뒤통수 한 대만 치면 안 될까? 한 대 쳤다고 녀석이 나를 폭행죄로 고소하는 건 아니겠지?

인당 두 개의 컵라면을 해치웠다. 김치가 없으면 라면을 먹지 않는 정시우가 남은 김치를 입에 넣고 오물거린다. 나는 녀석에게 시비를 걸고 싶어진다.

"넌 대학 안 갈 거냐?"

"글쎄."

"대학 안 가면 뭐 할 건데?"

"흠, 글쎄."

"야, 넌 글쎄밖에 모르냐?"

"흠, 글쎄."

어휴, 내가 벽이랑 이야기하고 말지. 챗GPT한테 질문을 던지는 게 훨씬 더 재미있고 유익하겠다.

"넌 뭐 해서 먹고살 건데? 걱정도 안 되냐?"

"미리 걱정해서 뭐 해."

휴지로 입을 슥 닦는 녀석의 표정이 가히 천하태평이다.

"한 가지는 분명해. 나는 아등바등 살지 않을 거야. 돈이 필요하면 벌고, 필요 없으면 쉬고 그럴 거야.

정시우. 이 인간은 정말 연구 대상이다. 공부를 무지하게 잘하는 형과 전교 회장을 달고 사는 모범적인 동생 사이에 끼어 집안에서도, 학교에서도 존재감 제로로 사는데도 녀석은 자신을 미워하지 않는다. 그 점이 나는 늘 놀랍고 부러웠다.

"난 자유롭게 실 거야. 우리 아빠처럼 실지는 않을 거야."

시우의 아버지는 굴지의 대기업 임원이다. 연봉이 어마어마하다고 들었다. 그런데 일을 너무 무리해서 한 탓인지 건강이 좋지 못했다. 탈모와 위궤양을 달고 살았다. 몇 년 전부터 아버지가 공황장애 약을 먹고 있다는 이야기를 시우에게 들은 건 최근의 일이다.

"자유 좋아하네. 집에 돈 많다고 지랄 떠냐."

녀석이 버럭 화내는 모습을 보고 싶어졌다.

"뭔 개소리. 나도 돈 벌 거다."

마지막 마무리로 라면 국물을 마시는 정시우 턱을 한 대 치고 싶다.

"밥벌이가 중요하지 않다는 게 아니야. 다만 나는 모두 너무 돈 이야기만 하는 게 겁나 이상해서 그래."

잘 안다. 다수가 가는 길이 있으면 의심부터 하고 보는 인간이 정시우다. 초등학교 소풍 때도 그랬다. 애들 모두 도시락을 싸 왔는데 지 혼자 안 싸 왔다. 백일장 때도 그랬다. 애들 대부분이 단풍에 물든 나무를 그렸는데 지 혼자 자화상을 그렸다.

"맞다. 나 매니저 시켜 줘라."

"무슨 매니저."

"네 매니저."

"미쳤냐? 잠깐 하다가 꼴리면 그만둘 사람을 내가 왜?"

"오, 강기준. 확률은 더럽게 못하면서 계산은 빠르네?"

"뭐? 이 새끼가."

나는 녀석의 머리에 헤드록을 걸었다. 아프다면서 엄살을 부려야 헤드록을 거는 맛이 있는데 녀석은 죽은 척 온몸에 힘을 뺀다. 몸에 힘을 완전히 뺀 사람을 이길 수 있는 방법은 없다. 금세 시들해진 나는 헤드록을 풀고 아이스크림을 꺼내기 위해 냉장고 문을 연다.

시우는 자유주의자다. 반대로 예진은 현실주의자다. 그렇다면 나는? 나는 그 중간쯤에 있는 것 같다. 늘 그랬듯이 이번에도 나는 어디에도 끼지 못하고 어정쩡한 태도로 삶을 바라보고 있다. 하지만 이번만큼은 물러서고 싶지 않다. 다른 건 몰라도 배우라는 직업에는 진심이니까. 비겁하게 애매한 판단을 하고 싶지도 않다. 엄마와 담판을 짓는 일이 불가능하다면 아르바이트하면 된다. 내가 벌어서 학원비를 내겠다.

유명한 소설가와 톱 배우 ──

배우(俳優)라는 단어의 광대 배(俳) 자에는 사람 인(人) 자에 아닐 비(非) 자가 쓰인다. 참으로 의문이 든다. 광대는 사람이 아니라는 뜻인지, 사람 취급을 받기에 배우가 하는 일은 천하다는 뜻인지, 아니면 배우 짓을 하려면 인간이기를 포기해야 한다는 뜻인지 알 수가 없다. 그래도 광대 배 자에 비한다면 넉넉할 우(優)는 기분을 좋게 만든다. 넉넉하다, 도탑다는 뜻을 가지면서 동시에 '우등생'을 뜻하는 '우'이기도 하다. 그럭저럭 품이 넓고 우수하다. 감정의 폭과 사람에 대한 이해가 넉넉하다. 배우는 그런 품성을 지닌 사람에게 적합한 직업이라는 뜻으로 들린다.

내 롤 모델은 조형우다. 나는 그가 연기하는 모습을 볼 때마다 가슴이 뛴다. 그는 영화 〈모함〉으로 천만 배우가 되었다. 그런데 대중적으로 큰 성공을 거둔 이후 그의 행보가 남달랐다. 대형 제작사의 투자를 받은 거물급 감독 영화에 출연할 거라는 모두의 예상을 깨고 그가 택한 영화는 실화를 바탕으로 한 소규모 영화였다. 예산만 따지면 그 전 영화의 10분의 1에도 미치지 못했고 소재 또한 암울하기 짝이 없었다. 크랭크인에 들어간 영화가 제작비 부족으로 암초를 만나자, 그는 선뜻 자기 돈을 투자하기까지 했다. 아무리 조형우라 해도 이번만큼은 절대 흥행할 수 없을 거라고 사람들이 입을 맞춘 것처럼 떠들었다. 하지만 영화는 사회적 공분과 함께 센세이션을 불러일으켰다. 손익분기점을 넘어선 것은 물론 이익을 남겼다.

그는 항상 물이 흐르듯 부드럽고 자연스러운 연기를 해낸다. 독립 영화에 출연할 때는 그 배역에 녹아들기 위해 메이크업도 하지 않았고 허름한 티셔츠 한 장만 입고 나왔다. 딱 자기 옷을 입고 있는 듯한 그 연기를 볼 때 소름이 돋았다. 게다가 그는 사회적 목소리를 내는 데도 주저함이 없었다. 환경 파괴를 걱정했고 환경을 위한 단체에 많은 돈을 기부했고 단체의 홍보 대사까지 맡았다. 안팎으로 단단하고 멋진 사람. 주관이 뚜렷하면서 유연한 사람. 얼마나 노력해야 그의 발끝에라도 닿을 수 있을까.

등록하고 싶은 학원의 수강료를 알아봤다. 생각보다 비쌌다. 오디션을 보러 다니려면 프로필 사진도 찍어야 했다. 아르바이트가 당장 급했다. 주말을 이용해 아르바이트 면접을 보러 다닐 수밖에 없었다. 학원 수업은 하나씩 줄여 나갈 생각이었다. 하지만 이번에도 엄마가 나보다 더 빨랐다. 이번 주부터 영어 학원을 끊으려는 내 생각을 어떻게 알았는지 엄마는 일요일 점심을 같이 먹자는 핑계로 폭탄을 던졌다.

"여기 식빵 맛있지. 딸기잼은 어때? 이거 엄마 팬이 선물해 준 거야."

나는 아무 대꾸도 하지 않고 가볍게 고개만 끄덕거렸다. 엄마는 베스트셀러 작가이다. 소설만 냈다 하면 대박이 난

알을 깨는 아이들

다. 나 또한 엄마가 쓴 소설들을 사랑한다. 하지만 나는 엄마가 유명한 소설가인 게 싫다.

"참, 영어 학원비 낼 때지? 잠깐만."

엄마가 휴대폰 비번을 푼다. 나는 이마를 찌푸렸다. 학원비를 이체하면 일이 복잡해질 것이다.

"그럴 필요 없어. 거기 그만 다닐 거야."

엄마가 휴대폰을 조용히 내려놓는다.

"영어 학원 그만두고 아르바이트 시작할 거야. 내가 벌어서 연기 학원 다니려고."

엄마의 눈동자가 크게 흔들렸다.

"안 된다면?"

꼭 잠긴 엄마의 목소리도 흔들리고 있었다.

"이제까지 너 입히고 먹이고 키웠어. 엄마한테 이 정도 권한은 있다고 생각해."

나는 먹다 남은 식빵 조각을 접시에 떨궜다.

"엄마는 하고 싶은 일하면서 나는 왜 안 돼? 불공평해."

"하고 싶은 일?"

엄마의 얼굴에 쓸쓸한 미소가 어렸다. 엄마가 소설에 몰입할수록 나는 점점 더 외로웠다. 몇 년 전 엄마가 취재차 제주도에 한 달 머물렀을 때 이모네 집에서 나름 잘 지낸 듯 보였겠지만 내가 느낀 고립감은 사라지지 않았다. 취재가 끝나고 소설을 집필하는 동안은 더 심했다. 분명 엄마와 같은 집에 있는데 나는 엄마의 존재감을 느낄 수 없었다. 엄마는 밥을 먹고 자는 시간을 빼고는 온종일 노트북 앞에만 앉아 있었으니까. 잠깐 식탁에 마주 앉아 밥을 먹을 때도 엄마의 껍데기와 있는 듯했으니까. 소설이 완성될 때까지 나는 엄마의 허깨비와 사는 것 같았고 그 느낌에는 적응되지 않았다.

"네 말이 맞아. 글이 쓰고 싶었지. 하고 싶은 일이었어. 그런데 지금은 잘 모르겠어. 그냥 먹고살기 위해 글을 쓸 때가 더 많은 것 같아."

엄마의 쓸쓸한 얼굴에, 조금씩 늘어나는 흰머리에 약해지지 말자고 다짐한다.

"어쨌든 하고 싶은 일이었다는 거잖아. 나, 이거 꼭 해 보고 싶어. 진짜야."

갑자기 엄마는 자리에서 일어나더니 냉동고에서 얼음을 꺼내 입에 문다. 얼음을 아작아작 씹으며 부엌과 거실 사이를 서성인다. 소설이 잘 안 풀릴 때 엄마가 자주 하는 행동이다.

"이 말만큼은 안 하려고 했는데……."

나는 대단한 명성을 갖고 있는 엄마를 건너다본다. 엄마의 입에서 어떤 말이 나올지 예측할 수 없다. 어떤 말이든 주눅

들면 안 된다. 감당하고 나아가야 한다.

"반대하는 진짜 이유는 따로 있어."

내가 존경해 마지않는 조형우를 생각했다. 그라면 이런 상황을 어떤 마음가짐으로 대응할까. 그라면 주변의 반대를 어떻게 물리쳤을까.

"네 아빠가 배우였어. 완전히 실패한 배우. 그러니까 배우 말고 다른 걸 생각해 보면 안 될까? 다른 건 엄마가 다 지지해 줄게."

엄마가 아빠 카드를 꺼낼 줄은 꿈에도 몰랐다. 입 안에 남은 달큰한 딸기잼을 말끔히 씻어 내고 싶었다. 이번에도 나의 완패였다.

아빠의 오디션 ──

아빠에 대한 기억은 없다. 내가 아빠에 관해 처음으로 물었을 때의 나이조차 기억나지 않는다. 언제인지 모르겠으나 내가 "왜 난 아빠가 없어?"라고 물었고 엄마는 "아빠는 미국에 있어."라고 대답했다. 내가 조금 더 컸을 때 엄마는 "엄마랑 아빠는 기준이가 어렸을 때 이혼했어."라고 부연 설명을 덧붙였다.

왜 아빠는 나를 만나러 오지 않을까. 미국이 가까운 곳은 아니지만 마음만 있다면 얼마든지 올 수 있는 거리인데. 그런 의문이 나를 괴롭혔지만 엄마에게 묻지 않았다. 아빠에 관해 이야기하거나 질문하는 것이 엄마를 곤란하게 할까 봐 어린 나이에도 걱정했던 것 같다.

기왕 아빠 이야기가 나왔으니, 모든 진실을 알려주고 싶었던 걸까. 연이어 엄마가 꺼낸 이야기들은 나를 충격으로 몰아넣었다.

아빠는 배우를 꿈꾸고 극단 생활을 시작했다. 조금씩 연기력을 쌓고 이름을 알릴 때쯤 아빠가 속한 극단이 재정 악화로 넘어갈 위기에 처했다. 그 순간 아빠는 친구의 제안으로 극단에 공동 투자를 하기로 결정했다. 안타깝게도 엄마와 상의하지 않은 결정이었다. 극단의 부도. 친구의 사기와 도주. 엄청난 빚과 파산. 엄마는 이혼을 요구했고 아빠는 순순히 응했다. 아빠의 엄청난 빚을 갚아 주는 대가로 엄마가 요구한 것은 딱 하나였다. 기준이 앞에 절대로 나타나지 말 것.

"그럼, 아빠는 지금 한국에 있는 거야? 미국이 아니라?"

엄마가 고개를 한 번 끄덕였다.

"아빠를 만나고 싶어."

엄마에게 말한 적 없지만 늘 아빠 얼굴이 궁금했다. 한 번이라도 좋으니 만나 보고 싶었다. 그런데 아빠가 한국에 있다니! 아빠 또한 나처럼 배우를 꿈꾼 사람이라니!

"그건 안 돼."

"왜 뭐든 안 된다는 말만 해? 아빠를 만날 권리가 나에게 있어."

엄마가 던진 폭탄을 해체하기 전에 그보다 더 큰 폭탄을 맞불로 던지고는 집을 나왔다. 거리와 공원을 떠도는 내내 머릿속을 꽉 채운 단어는 하나였다.

'완전히 실패한 배우.'

지금의 아빠는 어떤 모습일까. 엄마가 묘사한 아빠와 조금쯤 달라져 있을 수도 있지 않을까.

이럴 때 술을 마시면 기분이 좀 나아질까. 무작정 시우에게 전화를 걸었다.

"시우야, 나 아빠 만나러 간다."

"미친놈. 너 술 마셨냐?"

시우가 나를 보러 달려왔다. 착한 녀석. 우리는 큰 마음먹고 편의점에서 할인하는 캔 맥주를 하나씩 사서 한강 둔치로 갔다. 밀려드는 바람을 맞으며 맥주를 홀짝였다. 줄곧 나 혼자 떠들었다. 사안이 중대하다고 느꼈는지 시우는 잠자코 내 얘기를 듣기만 했다.

"아빠 만나고 실망하면 어쩌려고?"

좋은 지적이다. 배우로 살다가 폭망한 사람의 거지 같은 비주얼을 보면 배우 일을 하고 싶다는 마음이 싹 사라질지도 모른다.

"그리고, 아빠 만나면 어머님한테 완전 아웃될 듯?"

그건 두렵지 않다. 고등학교를 졸업하는 순간 엄마의 지원은 완전 끝이 난다. 그때까지 용돈을 받지 못하는 것이 좀 아쉽지만 어쩌겠는가. 감당해야지.

"아빠를…… 꼭 만나야겠어."

텅 빈 캔 맥주를 우그러뜨리며 나는 일렁이는 밤의 한강을 응시했다. 아빠를 아주 오래전부터 그리워했다는 것이 생경했지만 부인할 수 없는 감정이었다.

다음 날 약속 장소에 나가기 전 어떤 옷을 입어야 할지 잠시 고민했다. 그러다가 손에 닿는 옷을 아무거나 걸쳤다. 더는 놀랄 일이 없을 거라고 생각했는데 아니었다. 놀랍게도 아빠는 나와 멀지 않은 곳에 살고 있었다.

연극인들의 메카인 그곳으로 향하는 버스에 몸을 실었다. 다리를 달달 떨다가 입술을 물었다가 휴대폰을 봤다가 콧노래를 불렀다가 다시 다리를 떨었다.

약속 장소인 카페에 들어서며 주변을 둘러봤다. 아빠 연령대로 보이는 남자는 보이지 않았다. 늑장을 부릴걸. 적어도

알을 깨는 아이들

한 시간은 아빠보다 늦게 도착해 애를 태울걸. 짓궂은 마음이 자꾸 솟구쳤다.

"기준…… 이니?"

빨대를 문 채로 남자를 올려다봤다. 놀랍게도 아빠는 조형우를 닮았다. 아니, 아빠 나이가 더 많으니까 조형우가 아빠를 닮은 건가? 하여튼 아빠는 내 예상을 깨고 정돈된 옷차림으로 나타났다. 부유해 보이지는 않았지만 그렇다고 초라하거나 가난해 보이지도 않았다. 말끔하고 단정했다. 그 사실이 나에게 안도감을 주었다.

밀레니엄 창조 극단에 들어가기 위해 배우가 거쳐야 하는 오디션은 이러했다.

'두 어절의 대사를 스무 번 변주하시오.'

같은 대사를 변주해 연기 실력을 보여 주려면 몸짓, 표정, 눈짓을 비롯한 비언어적 표현과 어조, 속도, 높낮이, 목소리 톤을 비롯한 반언어적 표현을 제대로 활용해야 한다. 아빠에게 주어진 대사는 이거였다.

"냉장고 샀어."

오랫동안 모은 돈으로 최신형 메탈 냉장고를 산 할머니라면 어떤 감정을 담아 대사를 해야 할까. 아마도 인생의 마지막 냉장고가 될 최고급 냉장고를 바라보며 어떤 말투로 대사를 쳐야 할머니의 감정을 고스란히 담아낼 수 있을까. 매끈하게 잘 빠진 새 냉장고를 바라보니 설레고 기분이 좋지만 동시에 늙은이 주제에 과분하게 돈을 쓴 건 아닌지 찜찜하기도 하고 노년에도 물욕을 버리지 못했다는 말을 듣는 건 아닐지 걱정도 되는 복잡한 마음을 두 어절에 담아내야 한다.

"냉장고 샀어."

독립을 앞둔 여자가 있다. 자신이 모은 돈으로 양문형 냉장고를 사고 싶은데 부모는 독립 신물로 냉장고를 사 주겠다고 고집을 부린다. 여자는 자린고비인 아버지가 분명 가장 저렴한 냉장고를 사 주리란 걸 알지만 부모의 고집을 꺾지 못한다. 역시나 부모는 양문형도 아니고 메탈도 아니고 국산도 아닌, 대만에서 만든 구식 모델 냉장고를 사 준다. 거실 귀퉁이를 차지한 냉장고는 전원을 연결하자마자 무지막지한 소리를 낸다. 소화불량에 걸린 듯 꾸르렁댄다. 여자는 오랫동안 꿈꿔 온 독립이 냉장고 하나 때문에 처참히 무너졌다고 생각한다. 여자의 마음을 모르는 친구들은 해맑게 묻는다. 냉장고 샀어? 여자는 모든 것을 체념한 듯한 말투로 대사를 내뱉는다.

"이런 말 할 자격 없지만 많이 보고 싶었단다."

알을 깨는 아이들

나는 스스로 물었다. 시우의 아버지를 만날 때 나도 모르게 부러워했었나? 아니면 미국에 있으면서도 나를 보러 오지 않는 아빠를 원망했던가?

아빠는 첫 오디션을 한 방에 통과했고 꿈에 그리던 극단에서 막내 생활을 시작했다. 극단에서의 생활은 아빠 인생에 중요한 전환점이 되었다. 아빠는 그곳에서 기본기를 쌓았고 더 진지한 자세로 연기에 다가가는 법을 익혔으며 눈에 띄게 성장했다. 극단 생활은 춥고 배고프고 힘겨웠지만 행복했다.

"엄마한테 들었어. 배우를 하고 싶다고."

아빠의 울림 있는 목소리가 내 안의 무언가를 자꾸 건드린다. 나한테는 미국에 있다고 거짓말을 해 놓고 엄마는 그동안 아빠와 계속 연락했던 걸까. 그렇다면 엄마와 아빠는 나를 대놓고 무시한 건가.

"내가 이런 말 한 걸 알면 네 엄마가 난리 치겠지만 그래도 해야겠다."

엄마와 대화를 나눈 후에 중요한 무언가를 잃어버렸다는 느낌을 받았었다. 내가 잃어버린 것이 무엇인지 어렴풋이 알 것 같았다.

"친구한테 사기를 당하고 네 엄마한테 큰 상처를 줬어. 네 엄마가 배우 되려는 걸 반대하는 것도 이해해. 하지만 나한테 단도직입적으로 묻는다면 이렇게 말해 주고 싶구나. 나는, 배우를 꿈꾸고 연기하는 동안 즐거웠고 지금도 그래."

무조건적인 믿음과 지지. 실패해도 좋으니 한 번 해 보라는 응원과 격려. 내가 엄마한테, 주변 어른들에게, 예진에게 바란 것은 바로 이거였다.

"유명해지고 싶어 발버둥을 친 적도 있었어. 오디션과 기다림은 배우의 숙명이지. 무명 시절 하루에 열 개 이상의 오디션을 봐도 캐스팅이 되는 일은 좀처럼 일어나지 않더구나. 작은 배역이라도 좋았다. 내 몫을 해낼 수 있는 기회가 간절했지. 간절할수록 나는 점점 오디션을 볼 때 힘이 들어갔고 결과는 나빴어. 내가 원하는 배역은 늘 먼 곳에 있었어. 캐스팅이 안 될 때마다 궁금했다. 어떤 배우가 그 배역을 꿰찼을까. 그 배우와 나의 차이는 무엇일까. 무슨 기준으로 나는 적합하지 않다고 하는 걸까. 왜 하고 싶다는 열정만으로는 되는 일이 하나도 없는 걸까."

목이 마른 듯 아빠는 아이스커피를 원샷했다.

"나는 성공한 배우와 거리가 멀지만, 이 일로 그럭저럭 먹고 살아. 더는 욕심을 부리지 않거든. 작은 배역이라도 최선을 다해 해내고 그 대가로 돈을 번다는 것에 감사하고 있어."

아직 할 말이 더 남은 사람처럼 아빠는 두 손을 한참 주물

알을 깨는 아이들

러 대다가 나를 쳐다보았다. 아빠의 눈빛은 초롱초롱했다.

"나중에, 아주 나중에 내 공연 보러 올래?"

나의 아르바이트기 ──

브래드 피트는 패스트푸드점 마스코트를 했다. 대학교 4학년 때 학교를 그만두고 할리우드로 왔다. 록 가수 지망생이었던 그는 거대하고 추한 치킨이 되어야만 했다. 사람들은 마스코트의 손짓을 따라 패스트푸드 식당에 들어가면서 상상이나 했을까. 사납게 생긴 치킨 인형 안에 들어 있는 아르바이트생이 훗날 세계에서 가장 유명한 배우가 되리라는 것을. 샌드라 블록은 데뷔 전 아이스크림 가게에서 2년 6개월 동안 일했다. 너무 가난하고 돈이 없어 하루 세 끼를 전부 아이스크림으로 때우는 바람에 살이 10킬로그램이나 쪘다. 휴 잭맨은 체육 교사를, 맷 데이먼은 브레이크 댄서를, 니콜 키드먼은 마사지사로 일한 적이 있다.

평일 저녁에는 편의점에서 일했다. 일은 어렵지 않았다. 주말에는 레스토랑 서빙을 했다. 사람이 몰리는 주말 저녁에는 보너스 수당이 있어 좋았다. 스페인에서 유학하고 온 셰프가 야심차게 도전한 분자 요리의 결과를 손님들에게 전달하는 나름 중요한 일이었다. 나는 그렇게 양이 적은 요리를 주문해 먹는 사람들이 있다는 사실에 한 번 놀랐고 음식의 가격에 두 번 놀랐다. 요즘 들어 왜 이렇게 놀랄 일이 끝이 없는지 모르겠다.

연기 학원에 등록했다. 열정적으로 수업을 이끄는 선생님에게 홀딱 반해 버렸다. 내가 피땀 흘려 번 돈으로 수업을 들어서 그런지 지각 한 번 하지 않았다. 만약 수학 학원에 내가 번 돈으로 등록했다면 확률을 잘했으려나?

수학 학원을 그만둔 날 집에서는 스콘 냄새가 났다. 안타깝게도 고소한 냄새가 아니라 심히 타는 냄새였다. 새까맣게 타 버린 스콘을 내려다보며 울음을 터뜨리기 직전인 엄마를 무시하고 방으로 들어가려는데 엄마가 내 이름을 불렀다. 하는 수 없이 부엌으로 걸어가 스콘을 버리고 정리를 도왔다.

"어제 그 사람이랑 통화했어."

엄마는 아빠를 '그 사람'이라고 칭했고 아빠는 엄마를 '네 엄마'라고 불렀다. 문득 몹시 궁금했다. 오래전에 이혼했는데 자식 때문에 통화하게 된 두 사람은 무슨 이야기를 나눴을까. 내 이야기 말고 다른 이야기도 했을까.

"나쁜 사람은 아니지만 그 사람 말 다 믿지 마."

엄마는 뭐가 또 걱정인 걸까. 어릴 적부터 느꼈다. 엄마는 세상을 현미경으로 들여다보는 사람 같았다. 작고 사소한 일도 엄마에게는 작고 사소하지 않았다. 어떤 일이든 그냥 지나치는 법이 없었다.

"뭣 때문에 그러는데? 나한테 거짓말이라도 했을까 봐?"

내 기억 속에 아빠라는 사람은 없다. 이렇게 갑작스럽게 아빠를 만날 수 있을 거라고 생각한 적도 없다. 나로서도 당황스러운 만남이었다. 아빠가 내게 던진 말을 모두 믿어야 할지 알 수 없었다. 가뜩이나 혼란스러운 내게 엄마까지 밀가루 한 포대만큼의 짐을 던져야만 하는 건가.

"너무 물러 터진 사람이야. 세상을 너무 설렁설렁 보는 사람이니까 적당히 가려서 들으라고."

그렇군. 아빠는 세상을 망원경으로 보고 엄마는 세상을 현미경으로 보고. 그러니 두 사람은 함께 살아갈 수 없던 거고.

"그 사람이랑 너를 떨어뜨리고 싶었어. 그 사람의 실패에 너까지 물들면 견딜 수 없을 것만 같았어. 나 자신은 매번 작품에 들어갈 때마다 실패를 각오하면서 너만은 실패 하나 없는 세계에 살기를 바랐어. 부모 마음은 그런 거야."

부모 마음은 원래 그러하다. 그러니 나는 잘못한 것이 없다. 그런 뜻인가. 엄마는 내가 자신을 원망하지 않기를, 그러면서 아빠의 말들은 의심하기를 원하는 걸까. 물론 나도 잘 알고 있다. 엄마는 혼자서 나를 키웠다. 그게 얼마나 가혹하고 말도 안 되게 힘든 일인지 이제 조금은 아는 나이가 되었다.

집필에 들어가면 엄마에게는 수면 문제가 생겼다. 점점 짙어지는 다크서클을 보다가 "잠은 좀 잤어?"라고 자주 물었다. 나는 한 번도 엄마에게 '사랑한다'고 말해 본 적이 없었고 앞으로도 죽 그럴 것 같다. 잠을 잤는지 물어보는 것이 내가 건넬 수 있는 최선이자 유일한 사랑의 인사였다.

오늘은 학원에서 물어다 준 아르바이트를 가야 했다. 기자 간담회 형식의 영화 제작 보고회에서 일일 스태프로 일하는 아르바이트였다. 예진은 연예인을 보러, 나는 돈을 벌러 갔다. 오랜만에 주연을 맡은 배우 P가 긴장감이 역력한 얼굴로 들어섰다. 예진과 나는 배우를 사람들로부터 보호하는 데 필사의 힘을 기울였다.

기자들 질문이 시작되었다. P는 차분한 목소리로 포부를 밝혔다. 분위기도, 기자 반응도 나쁘지 않았다. 문제는 배우 P의 이마에 송골송골 맺히기 시작한 땀이었다. 저렇게 땀을 흘리면 사진에 나오겠는데. 메이크업이 망가지겠는데. 인터뷰 내용보다 번들거리는 땀이 더 주목받겠는데. 괜히 내 일처럼 걱정이 되었다.

"너 손수건 있어?"

예진이 주머니에서 손수건 대신 휴지를 꺼냈다. 그거라도 있어서 다행이었다. 질문이 끝나고 추가 사진 요청이 이어졌다. 단상 아래에 서 있던 나는 잽싸게 움직여 P에게 휴지를 내밀었다. P는 입 모양으로 고맙다고 말하며 땀으로 흥건히 젖은 이마를 닦았다.

"이 휴지 건넨 놈 누구야?"

문제는 제작 보고회가 마무리된 뒤에 터졌다. 기자들이 앉았던 의자들을 정리하는데 P의 매니저로 보이는 사람이 단상에 들어서며 고함을 질렀다.

"전데요?"

내가 손을 들어 올리자, 그는 단상을 빠르게 내려와 내 앞에 섰다. 뺨이라도 올려 부칠 기세였다.

"네가 뭔데 톱스타한테 이걸 내밀어? 감히?"

의자를 정리하던 예진이 내 곁에 다가와 섰다.

"땀 닦으라고 호의를 베푼 거잖아요, 아저씨."

"뭐? 아저씨?"

아르바이트생들이 웅성거리며 우리 쪽으로 몰려들었다. 결코 지지 않겠다는 듯 예진은 허리춤에 두 손을 올렸다.

"손수건도 아니고 이런 휴지 나부랭이를 건네? 그러다 배우 얼굴에 휴지 조각이라도 붙으면? 그런 사진이 떠돌면? 니들이 책임질 거야?"

고개를 조아리면서 죄송하다고 말해야 하나? 이 사람이 이렇게 난리를 칠 만큼 내가 큰 잘못을 한 건가? 아르바이트를 시작한 후 줄곧 나를 괴롭혔던 생각이 불쑥 솟아올랐다. 돈을 번다는 일은 왜 이다지도 고되고 빡빡할까.

"그만하시죠, 대표님."

조형우였다. 이 영화에 카메오로 잠깐 출연하는 조형우가 내 앞에 서 있었다. 나는 바보처럼 눈을 깜빡이다가 마른침을 삼켰다.

"딱 봐도 학생들인 것 같은데 넘어가시죠. 이러다 안티팬 생기겠어요."

"형우 씨, 왜 이제야 와. 우리가 얼마나 기다렸는데."

"마지막 포토 타임 전에 온다는 게 늦었네요. 가시죠."

나의 롤 모델 조형우가 화가 잔뜩 난 대표를 조용히 데리고 갔다. 예진은 조용히 욕설을 내뱉었고 나는 조형우를 실물로 영접한 영광에 휩싸여 정신이 혼미했다.

"방금 저 사람, 조형우 맞지? 이거 꿈 아니지?"

예진은 시우가 종종 하던 행동을 따라 하고 싶던 건지 내 어깨를 주먹으로 콩콩 내리쳤다.

"네 롤 모델 쫌 멋지다. 인정!"

그날 밤 나는 조형우의 최근 인터뷰를 클릭했다.

"제 팬들만 아는 이야기지만 저도 꽤 오랜 무명 생활을 견뎠습니다. 어떻게 그 시절을 견뎠냐고 많이들 물어보시는데, 저는 배우 로버트 드니로 덕분이라고 말해요. 제 롤 모델인 그 분이 그랬거든. 배우로 살려면 실망에 익숙해져야 한다. 항상 다음이라는 단어를 기억하라. 잘 안됐다? 다음! 원하는 역할을 놓쳤어? 다음!"

조형우는 큰 목소리로 '다음'이라는 단어를 외쳤다. 발성이 얼마나 좋은지 스피커를 뚫고 나온 그의 목소리가 귓가에 쩌렁쩌렁 울렸다. 대배우 로버트 드니로도, 내가 존경하는 조형우도 고생했구나. 그 사실이 더할 나위 없이 큰 위로가 되었다. 단역 시절을 거쳐 조연을 맡기까지 그들이 겪었을 고생을 세세히 알 수 없겠지만 누구나 고난을 겪기 마련이라면 나 또한 마땅히, 당당히 겪어 내자 싶었다.

통장 잔고를 확인했다. 약간의 여유가 있었다. 하지만 나는 여전히 망설이고 있었다. 아빠가 공연 중인 연극을 예매할지 말지 결정을 내리지 못했다. 아빠를 다시 보고 싶은 건지 아닌지 그것조차 알 수 없었다. 이럴 때는 오래도록 내 마음을 들여다보는 수밖에 없었다. 시간이 많이 걸려도 어쩔 수 없는 일이었다. 그날 밤 나는 내 마음이 한쪽으로 기울 때까지 밤늦도록 예매 창을 노려보았다.

아무리 밥벌이가 중하다지만

강기준은 오래 전 집필한 장편 소설의 주인공이다. 그 소설 속 기준이도 배우였다. 배우가 주인공으로 나오는 소설을 써 보고 싶었다. 영화와 드라마를 좋아하다 보니 자연스럽게 좋아하는 배우가 많다. 배우라는 직업에 늘 호기심과 경외심을 느낀다. 스트레스를 배우 덕질로 풀 때도 있다.

밥벌이는 소중하다. 돈이 없으면 인간으로서 존엄성을 지킬 수가 없다. 하지만 돈만큼이나 나의 적성이나 하고 싶은 일도 소중하다고 믿는다. 하고 싶은 일이 없다면야 상관없지만 하고 싶은 일이 하나라도 있다면 그 일을 한 번쯤은 시도해 봐야 하지 않을까. 시도하지 않아서 후회할 바에는 시도해 보고 후회하는 게 낫지 않을까.

성공이란 무엇일까. 누구나 머릿속에 새겨 둔 성공에 대한 이미지가 있을 것이다. 성공에 대한 정의가 좀 더 다양해졌으면 좋겠다. 남들이 부러워할 정도로 돈을 잘 벌지 못해도 자신이 좋아하는 일을 하면서 충분히 밥벌이를 한다면 그것도 성공한 삶이라고 생각한다. 자신이 무엇을 좋아하는지, 무엇을 할 때 가장 설레고 행복한지 빠삭하게 아는 친구들이 많아지기를 소망한다.